순간들

18. READY, ACTION!

순간들

18, READY, ACTION!

★장주식 소설

차례

담임 말에 따르면, 벼랑에서 떨어지다

문이 밝아 온다. 푸르스름한 빛으로. 성만은 한쪽 눈을 찌그려 뜨고 창문을 노려보았다. 일어나야 한다. 일어나자. 성만은 시커멓게 때에 절은 얇은 이불을 걷어찼다. 윗몸을 일으키다가 베개 옆에 엎어져 있는 책을 보았다. 『금검지』다. 비파 하나와 검 한 자루를 둘러메고 강호를 유랑하는 천하제일검, 일검향! 주인공 일검향이 죽마고우 탁탑천왕과 이별하는 장면을 보다가 잠이 들었었다. 성만은 엎드려 다시 책을 보기 시작했다.

일검향은 게으른 친구 탁탑천왕을 위하여 커다란 떡을 만들어 목에 걸어 준다.

"친구, 보름이야. 보름 동안만 귀찮아도 참게. 목에 걸어 준 떡다 먹으면 밥도 좀 해 먹고."

팔 척 거구에 황소 눈, 사천왕처럼 쭉 째진 입을 가진 탁탑천왕을 아기 다루듯 달래 놓고는 일검향은 길을 떠난다. 그런데 일검향이 바람처럼 구름처럼 하늘을 날아다니며 악인을 무찌르고 돌아왔을 때, 친구 탁탑천왕은 죽어 있다. 일검향은 탁탑천왕의 시체를 끌어안고 통곡한다.

탁탑천왕은 왜 죽었을까? 굶어 죽었다. 고개를 숙여서 입이 닿는 곳까지만 떡을 뜯어 먹고는 굶어 죽은 것이다. 거기까지 읽다가 성만은 책을 덮었다.

'어, 밥을 해 먹어야지. 먹고 학교 가야지.'

성만은 부엌으로 나가 쌀을 찾아 씻었다. 조그마한 양은 밥솥에는 어제저녁에 끓여 먹은 라면이 몇 가락 붙어 있었다. 밥솥을 다시 씻을까 하다가 성만은 얼굴을 한 번 찡그리곤 그냥 쌀을 넣고 물을 부었다. 밥이 되는 동안 성만은 다시 『금검지』를 읽었다.

쉭쉭 밥 끓는 소리가 났다. 성만은 『금검지』를 집어 던지고 밥상을 차렸다. 군데군데 껍질이 일어난 호마이카 상을 펴고 반찬을 내놓았다. 썰어 먹다가 남은 단무지 반 봉지, 고추장 한 종지. 성만은 고개를 몇 번 흔들더니 찌그러진 냄비에 물을 부었다. 성만이 개발한 특별 달걀찜을 할 작정이었다. 물 한 잔, 달걀 두 알, 소금 한 숟가락이 재료의 전부다. 냄비의 물이 끓으면 달걀을 깨서 넣고, 달걀이 굳기 전에 얼른 소금을 넣어서 함께 풀어야 한다. 이 요리의 승패는 소금양에 달려 있다. 거의 맛이 괜찮은 편인데, 가끔은 소금을 너무 많이 넣어서 먹성이 넘치는 성만도 다 못 먹을 때가 있다.

드디어 밥상 차리기가 끝났다. 밥은 솥째, 달걀찜은 냄비째 상 위에 올라 있었다. 밥솥 뚜껑을 열고 구수한 김을 맡으면서, 성만은 방구석에 놓인 도시락 통을 힐끗 보았다. 어떡할까? 도시락 통에 밥을 담아 놓고 먹을까, 먼저 먹고 남은 걸 담을까? 잠깐 망설이다가, 성만은 밥을 퍼먹기 시작했다. 머릿속으로는 '오늘 도시락은 못 갖고 가겠군.' 하고 생각했다. 자취를 시작한 지 일 년 반, 아침을 해서 먼저 도시락을 싸 놓지 않고 밥을 먹었을 때, 밥을 남겨서 도시락을 싼 적은 한 번도 없었다.

밥맛은 꿀맛이었다. 밥솥 바닥을 득득 긁어서 먹고, 냄비 바닥도 역시 득득 긁어서 먹었다. 밥상을 윗목에 밀어 놓고, 성만은 눈을 가늘게 뜬 채 생각했다.

'내가 어젯밤에 세수를 했나?'

성만은 얼굴을 한번 만져 보았다. 매끈했다. 어제 저녁밥을 먹고 무협지를 빌려 온 다음, 세수를 한 기억이 났다. 성만은 손가락을 딱! 튕기며 기뻐했다.

'흠, 그렇다면! 오늘 아침에는 세수를 할 필요가 없군.'

이건 성만이 스스로 정해 놓은 규칙이다. 세수는 하루에 한 번 할 것. 저녁에 한다면 다음 날 아침에 안 하고, 아침에 한다면 저녁에 안 하기로 정해 놓은 것이다. 저녁에 세수한 기억을 되살려 낸 성만은 기쁨에 넘치는 얼굴로 혼자 씩 웃었다. 그리고 돌돌 말아서 방구석에 던져 놓았던 양말을 펴서 신었다. 교복 셔츠를 입는데, 셔츠의 목둘레가 거뭇거뭇했다. 좀 더럽다는 생각이 들긴 했으나 그냥 입었다. 입으면 보이지 않으니까.

교복도 입고, 가방도 챙기고 나서 시계를 보았다. 일곱 시. 아직 이십 분 남았다. 노란 대문 집까지 가는 데 오 분. 성만은 『금검지』를 집어 들었다. 세 줄 읽고 시계 보고, 네 줄 읽고 시계 보고, 드디어 일곱 시 십사 분. 성만은 벌떡 일어나 신발을 찾아 신고 문을 열고 골목길로 뛰어나갔다.

가을 햇살이 눈부셨다. 대명8동, 육이오 피난민촌을 빠른 속도로 벗어나 대신동으로 접어들었다. 철대문과 높은 담장, 넓은 뜰과 큰키나무들 속에 앉아 있는 이 층 양옥집들. 파란 대문, 검은 대문, 빨간 대문, 그리고 노란 대문. 주택가 골목으로 들어서면서 성만은 거북이걸음을 하고 있었다. 눈은 오직 한곳, 노란 대문만 바라보았다.

—끼익, 철커덩.

노란 대문이 열렸다.

'그럼 그렇지!'

성만은 함박웃음을 웃었다. 두 갈래로 길게 땋아 내린 머리, 넓게 퍼진 하얀 옷깃의 검은 블라우스, 밑에는 치마가 아니라 바지다. 몸빼라고 놀리는 그 바지. 그러나 발목에서 끈으로 묶는 선일여고의 그 바지는, 성만이 보기에는 무척이나 예뻤다. 일곱 시 이십 분, 지혜는 틀림없이 시간을 지킨다. 그리고 지혜 어머니는 어김없이 대문 밖까지 따라 나온다. "잘 갔다 와, 늦지 말고." "알았어, 엄마. 들어가." 이런 대화도 아침마다 그들 모녀가 나누는 것으로, 성만은 외워 버렸다.

지혜 어머니가 들어가고, 성만은 바로 지혜 옆에 섰다. 지혜가 힐끔 보더니 성만임을 알고 걸음을 빨리했다. 성만도 빠른 걸음으로 바짝 쫓아갔다. 지혜가 걸음을 더 빨리했다. 성만도 더 빨리 따라갔다. 그러자 지혜가 걸음을 딱 멈추고, 획 돌아보면서 소리쳤다.

"야, 고성만! 왜 따라오는데?"

"따라가긴. 나, 학교 가는 길이야."

지혜가 성만을 무섭게 쏘아봤다. 그러더니 몸을 홱 돌려서 다시 빠른 걸음으로 걸어갔다. 성만은 히죽 웃으며 성큼성큼 따라가서 말을 붙였다.

"정말 모임에 안 나올 거야?"

"……."

"안 나올 거냐고?"

"……."

"나와라. 내가 빠질게."

“참 귀찮게 하네. 그 구질구질한 옷이나 좀 빨아 입어.”

지혜는 무슨 벌레 보듯, 아니 똥 묻은 강아지 보듯, 오만상을 찌푸리고 성만을 노려보다가 몸을 돌려 뛰어갔나. 성만은 그 자리에 멈춰 서서 잠깐 움직이지를 못했다. 등교하는 학생들, 회사 가는 아저씨들, 수많은 사람들이 밀려오고 밀려가는 거리에 성만은 우두커니 섰다.

한 달 전쯤이었나, 대구시 변두리 월배의 한 절에서 모임이 있었다. 대구 시내 여러 고등학교의 연합 모임이었다. 성만은 그 모임의 주축인 우조에게 물었다.

“야, 우리 학교 학생이 어떻게 불교 학생회를 만들 수 있냐?”

성만이 다니는 학교는 가톨릭 재단이 세운 사립학교였다. 점심 때마다 기도를 드려야 하고, 수요일마다 대예배를 보는 그런 학교에 불교 학생회라니. 성만은 우조가 하는 꼴이 너무 이상해 보였다.

우조가 키득거리며 대답했다.

“인마, 그러니까 불교 학생회가 필요한 거야. 세상에는 신이 하나님만 있는 게 아니라 부처님도 있다는 걸 알아야지. 천국만 있는 게 아니고 극락도 있다는 걸 알아야 하고.”

성만은 우조의 말이 멋지다는 생각이 들었다. 그래서 우조를 따라가기로 결심했다. 더구나 성만은 어머니가 했던 말의 기억이 새로웠다. 성만이 고등학교에 입학할 때, 어머니는 예수쟁이 학교라고 몹시 못마땅해했다. 대구에는 불교 재단에서 세운 심인고등학교 같은 데가 있다는 이야기를 듣고 "이왕이면 그런 학교에 가지." 하고 아쉬워했었다. 그때 성만은 "엄마, 내 마음대로 가는 게 아니야. 뺑뺑이거든." 하고 말하려다가 그만두었다. 뺑뺑이가 뭐냐고 다시 물으면 설명하느라 무척 골치 아파지기 때문이었다.

하여튼 성만은 우조를 따라 모임에 나갔다. 거기서 지혜를 만났다. 2학기 개학하고 며칠 지나지 않았으니 아직 날이 더웠다. 땀을 비질거리며 산길을 올라 절에 들어섰다. 콩물을 먹여 만든 노란빛의 장판을 깐 정갈한 절 방에 학생들이 모여 앉아 있었다. 열서넛 되는 학생들 가운데 대여섯은 여고생이었다. 모두 조용했다. 처음 만남이니 당연한 일이었다. 더구나 남녀가 함께 앉았으니 서로 체면을 차리느라 끓어오르는 말마저도 삼키고 있었다. 방에 들어서는 성만과 우조에게 학생들의 눈이 모였다.

우조가 피식 웃으며 말했다.

"우리가 늦었네. 미안하다."

"자슥. 지가 보자 해 놓고 젤 늦게 오나. 문디 자슥."

눈이 부리부리하게 생기고 덩치가 산만 한 놈이 웃어 보였다.

"어, 두식이. 미안타. 그래, 니들 서로 소개는 했나?"

우조가 빈자리에 앉으면서 물었다. 성만도 우조 옆에 앉았다. 맞은편에 있는 여학생 둘이 고개를 까딱했다. 나중에 알았지만, 성만과 마주 보고 앉은 여학생이 지혜였다. 선일여고 2학년. 성만도 어색하게 고개를 까딱했다. 두식이라 불린 놈이 말했다.

"아직 안 했다. 니가 사회 봐라."

"그럴까?"

우조가 일어섰다.

"자, 자기소개 하자. 학교, 취미, 뭐 기타 등등 소개하시기 바랍니다."

한 명씩 자기소개를 시작했다. 학생들 소개를 들으면서 성만은 웃음이 났다. 꼭 자기들 학교 소개를 할 때 학교 이름 앞에 '대' 자를 붙이는 거였다. 대협성상고, 대경북고, 대효성여고……. 성만의 차례가 되었다. 성만은 일어서면서 대미성고라고 해야 하나 말아야 하나 고민했다. 성만이 막 입을 열려는데 누군가 소리를 지르며 발딱 일어섰다.

"아이, 나는 도저히 더 못 참겠다."

성만과 마주 보고 앉아 있던 지혜였다. 다들 놀란 눈으로 바라보는데, 지혜가 성만을 노려보면서 말했다.

"썩은 생선 비린내가 난다. 도대체 양말을 며칠이나 신었냐? 머리가 다 어질어질하다."

지혜가 코를 싸쥐었다.

"맞다. 어디서 고약한 냄새가 난다 했더니, 너냐?"

우조도 성만을 보면서 말했다. 성만은 발을 오므렸다. 화덕을 덮어쓴 듯 얼굴이 확확 달아올랐다. 갑자기 발바닥이 짓무르기라도 한 것처럼 질척거리는 느낌이었다. 지혜가 원망스럽다거나 "발 고린내의 진수다, 정말!" 하면서 웃어 대는 녀석들이 밉다거나 그런 감정은 전혀 없었다. 복받쳐 오르는 감정은 설움뿐이었다. 일주일을 신은 양말. 새 양말을 신고 모임에 나와야 한다는 생각조차 없었던 것. 그런데도 새 양말을 신고 왔어야 한다는 것. 그것이 세상을 살아가는 기본이라는 것. 성만은 갑자기 방 안에 있는 학생들이 아득히 멀게 느껴졌다. 마치 딴 세상에 사는 사람들처럼. 그리고 자신이 땅속으로 푹 가라앉아 꺼져 가는 느낌이 들었다.

그 모임 뒤로 지혜는 연합 모임에 안 나온다고 우조가 말했다. 성만은 괜히 미안한 생각이 들었다. 그리고 며칠 뒤 우연히 지혜를 만났다. 성만이 걸어가는 등굣길에 지혜네 집이 있었던 것이다. 벌써 며칠째 성만은 지혜에게 똑같은 이야기만 늘어놓고 있었다. 지혜는 늘 못 들은 척하더니, 오늘은 무섭게 쏘아붙였다.

"그 구질구질한 옷이나 좀 빨아 입어."

성만은 새삼스럽게 옷을 살펴보았다. 셔츠의 손목이 새카맸다. 손목을 돌려 보는데, 책상에 비벼지는 부위에서는 반들반들 윤이 났다. 평소에는 한 번도 보지 못했던 것이다. 성만은 당장 옷을 벗어서 던지고 싶었다. 아니, 옷을 벗어서 갈기갈기 찢어 버리고 싶었다. 성만은 흔들거리는 걸음으로 교문을 들어섰다.

어느새 점심시간이 되었다. 성만은 친구 창학의 젓가락을 뺏었다. 뺏은 젓가락으로 아이들의 도시락을 먹고 다녔다.

"에이, 자슥. 또 아침에 밥해서 다 처먹었구나."

우조가 자기 도시락 쪽으로 오는 성만의 팔을 잡으며 소리쳤다.

"오늘은 못 줘. 나도 배고파 죽겠단 말이야."

"야, 너! 정말 치사하게."

성만은 우조의 팔을 비틀며 도시락에 젓가락을 들이밀려고 애를 썼다. 그 꼴을 보고 친구들이 킬킬 웃었다. 그때 연규가 나섰다.

"성만아, 젓가락 창학이 돌려줘. 나랑 매점 가자."

"매점? 좋지."

성만은 입이 귀까지 찢어지면서 좋아했다.

성만은 연규가 사 주는 우동을 먹었다. 곁들여서 보름달빵도 하나 먹었다. 연규가 픽 웃으며 말했다.

"자슥, 하여간 잘 먹는다니깐."

성만은 대답 없이 빵을 가득 문 입을 벌리며 씩 웃었다. 연규가 조금 망설이다가 진지하게 말했다. 벌써 몇 번째 했던 말이다.

"성만아, 내가 도시락 두 개 싸 올까?"

"치아라. 내가 거지냐?"

성만이 눈을 부릅떴다. 연규가 고개를 재빨리 끄덕였다.

"알았다, 알았어. 인마, 아침에 도시락 먼저 싸 놓고 밥 먹어라. 앞으론."

"오냐."

성만은 연규의 배에 가볍게 주먹을 먹였다. 아버지가 대구 지방법원 판사라는 연규는 1학기 때 성만의 수학여행비를 내주기도 했다. 성만이 돈 없다며 수학여행을 안 가겠다고 하자, 연규가 대신 돈을 갖고 온 것이다. 그날 성만은 연규에게 물었었다.

"자슥, 네 돈이냐? 아버지한테 달랬냐?"

"내 돈이다."

"그래? 그럼 받아 주지."

"자슥, 아버지 돈이나 내 돈이나."

"어쨌든 네 돈이 낫다. 그리고 여행 가는 거니까 특별히 내 밥도 싸 와라. 알았지?"

우조를 비롯한 다른 아이들이 다 혀를 내둘렀다. "하여간 저 문디 자슥은 아주 날강도라니깐." 하면서 우조가 소리를 질렀고, 성만은 슬리퍼를 벗어서 우조 얼굴에 내던졌다.

연규 덕분에 점심을 배불리 먹은 성만은 다섯째 시간과 여섯째 시간을 졸다 깨다 하면서 보냈다. 마지막 시간은 담임 시간이었다. 담임은 구월 말 성적표를 갖고 들어왔다. 번호대로 한 명씩 이름이 불렸다. 성적이 오른 애들은 칭찬을 받았고 성적이 내려간 애들은 욕을 얻어먹었다. 성만의 차례가 되었다. 담임이 성적표와 성만을 번갈아 보다가 말했다.

"내가 참 미치겠다. 이게 뭐꼬? 야, 고성만! 일나 봐라."

"예."

성만이 꾸물꾸물 일어섰다. 담임이 노려보았다.

"이백오 등? 이게 고성만이 등수 맞나?"

아이들이 모두 성만을 바라보았다. 성만도 떨떠름하게 웃으며 아이들을 보았다. 연규의 안타까워하는 얼굴이 눈에 들어왔다.

"지난달보다 백오십 등이 떨어졌다, 백오십 등!"

담임이 혀를 끌끌 찼다. 전교 칠백육십 명 가운데 이백오 등. 성만도 예상은 했지만, 상상 밖의 등수에 할 말이 없었다. 1학년 때에는 전교 십 등 안에 들기도 했던 성만이다. 물론 반에선 일 등을 도맡아 했었다. 2학년이 되어서도 삼월, 사월까지만 해도 그 등수를 유지했다. 그러나 오월부터 조금씩 떨어지기 시작한 성만의 성적은 걷잡을 수 없었다. 다른 아이들이 뭉텅뭉텅 성만의 앞으로 들어섰던 것이다.

"인마, 이거. 니 집에 무슨 일 있나? 니, 부모님 모시고 오이라. 내가 얘기 좀 해야겠다."

"부모님 못 오십니다."

"와?"

"시골에서 농사지셔야 됩니다."

"농사? 자식 농사보다 중요한 기 있나? 잔말 말고 모시고 와. 낼 버스 타고 올라 오시락 해라."

"……."

담임은 성만이 다음 번호인 우조를 불렀다. 우조는 한 등이 올라서 칭찬을 받았다. 성만은 멍청하게 섰다가 풀썩 주저앉았다.

'부모님을 모셔 오라고? 턱도 없다 해라.'

성만은 책상 위에 앉은 파리를 노려보았다. 파리가 앞발을 삭삭 비볐다. 그 비는 꼴이 얄미워 보였다. 성만은 오른 손바닥으로 잽싸게 파리를 내려쳤다.

—탁!

손바닥을 뒤집어 보았다. 파리는 붉은색과 누런색의 진물을 흘리며 손바닥에 붙어 있었다. 성만은 옆에 앉은 창학의 어깨에 손바닥을 문질렀다.

"에이, 닦지 마. 더러워."

창학이 몸서리를 치며 성만의 손을 밀어냈다.

학교 수업이 끝났다. 아이들은 썰물 지듯 학교에서 빠져나갔다. 성만은 터덜터덜 집으로 돌아왔다. 언덕을 따라 죽 늘어선 판잣집. 육이오 때 피난 온 이북 사람들이 천막 치고 판자로 얼기설기 움막을 지어 살던 곳이다. 그래도 지금은 벽돌집도 몇 채 있다. 성만은 골목길과 붙은 문을 열고 들어섰다. 머리 위로 손만 들면 슬레이트 지붕의 끝자락이 닿는 허름한 집에 세 들어 살고 있었다.

어두컴컴하다. 그릇과 석유곤로가 희미하게 형체만 보인다. 쿰쿰하고 시큼한 냄새가 코를 찌른다. 방문을 열었다. 방은 그나마 부엌보다는 밝은 편이다. 골목길로 난 쪽창이 하나 있는 덕이다. 창이라야 사절 도화지만 하지만 그나마 빛이 들어온다. 그래도 어둑어둑하여 성만은 전등을 켰다. 하루 종일 문이 닫혀 있던 방에서는 곰팡이 냄새가 진동을 한다. 성만은 창문을 활짝 열고 개어 놓은 이불 위에 팔베개를 하고 누웠다. 배가 고팠다. 성만은 먼지로 띠를 이루며 비쳐 드는 빛줄기를 노려보았다.

'이게 사는 거야? 나는 뭣 때문에 이러고 사는 걸까?'

담임의 말이 느닷없이 생각났다. "부모님 모시고 오이라." 성만은 어머니 얼굴을 떠올려 보았다. 잠시도 쉬지 않고 일만 하는 어머니. 백이십 명이 졸업한 시골 중학교에서 단 두 명만 합격한 시험. 시골 중학교에선 하늘의 별 따기인 대구시 연합고사에 합격해서 대구 시내에 있는 고등학교를 가게 되었을 때, 어머니는 무슨 말을 했던가. 성만은 밭에서 냉이를 캐는 어머니를 찾아가 말했었다.

"엄마, 나 합격했어. 고등학교 합격했다고."

"……."

어머니는 말없이 냉이만 캤다. 성만은 그 긴 고랑이 끝나도록 따라가면서 말했다.

"엄마, 열흘 안으로 입학금 내야 한대."

"……."

"자취방도 구해야 하는데."

"……."

어머니는 냉이도 없는 곳을 호미로 팠다. 냉이가 눈앞에 있는데도 모르고 지나쳤다. 어머니는 뒤 한번 돌아보지 않고 오리걸음으로 꾸준히 앞으로 나아갔다. 냉이도 없는 곳을 계속 헛 긁으면서.

"엄마……."

성만은 어머니 앞으로 나섰다. 앞길이 막힌 어머니가 잠깐 성만을 올려다보았다. 얼른 눈길을 돌리던 어머니가 목이 억눌린 듯한 작은 목소리로 말했다.

"니 아부지한테 말해 봐라. 내는 모린다. 니 아부지한테 말해."

"……."

성만은 어머니 옆에 앉아 냉이를 캤다. 냉이를 한 바구니 캘 때까지 어머니도 성만도 더 말이 없었다.

그날 밤, 성만은 아버지에게 합격 사실을 알렸다. 무릎 꿇고 공손히. 아버지는 아무런 말이 없었다.

그러나 열흘 뒤, 아버지는 등록금을 주었고 대명8동 피난민촌에 자취방도 잡아 주었다. 그 돈이 어디서 난 건지 성만은 알 필요도 없었고 아버지도 어머니도 말해 주지 않았다. 다만 성만은 괜히 고등학교를 가는 게 아닌지, 아버지에게 미안한 마음이 들었다.

지금까지 일 년 반 학교를 다니는 동안, 부모님은 성만에게 물어본 적이 없었다. "공부는 잘하니?" 물론 성적표를 보자고 한 적도 없었다. 성만이 사는 자취방에 와 본 적도 없었다. 자취방 얻을 때도 대구에 같이 온 친구의 아버지가 함께 다녔다. 언젠가 집주인 여자가 물었었다. "니 어무이는 계모가?" 주인 여자는 자식을 맡겨 놓고 한 번도 안 오는 성만의 어머니가 이상했는지, 섭섭했는지 성만으로선 알 길이 없었다. 성만은 묻는 까닭을 몰랐으므로 기분 나쁠 일도 없어서 다만 "아니요. 친엄마입니다." 하고 대답했다.

'부모님을 모셔 오라고? 우리 부모님을?'

성만은 말도 안 된다고 고개를 흔들었다.

'그럼 내일 또 선생님한테 시달릴 테지.'

담임은 한번 내뱉은 말은 꼭 지키는 사람이다. 전에 우조에게도 부모님을 모셔 오라고 한 적이 있었다. 그런데 우조가 차일피일 미루자, 담임은 우조 머리통을 주먹으로 한 대 꽝 먹이고는 우조를 앞장세워 집으로 찾아갔었다. 그런 사람이다, 담임은. 담임의 그 끈질긴 성질을 생각하자니 성만은 머리가 아파 왔다. 머리가 아플 때는 무협지나 보는 게 최고다. 성만은 보다가 던져 둔 『금검지』를 주워 들었다.

일검향은 탁탑천왕을 묻어 주고 강호로 나왔다. 그런데 나중에 알고 보니, 탁탑천왕은 죽은 게 아니었다. 죽은 척한 거였다. 탁탑천왕은 일검향의 부모를 죽인 원수였던 것이다. 일검향이 사랑하는 여자인 단리소소를 가로챈 놈이기도 했다. 성만은 일검향이 탁탑천왕을 통쾌하게 물리치는 마지막 권을 다 읽고 나자, 배가 몹시 고팠다. 시간이 얼마나 흘렀는지 바깥은 깜깜한 밤이었다.

성만은 라면을 끓여 먹기로 했다. 밥솥에 물을 받으니 아침부터 붙어 있던 밥알이 둥둥 떴다. 씻기가 귀찮아서 그대로 물을 끓이고 라면을 넣었다. 작은 밥솥에 네 봉지를 끓였더니 라면이 떡이 되었다. 성만은 떡이 된 라면을 숟가락으로 잘라서 떠먹었다. 반찬은 단무지로 충분했다.

배가 부르자 졸음이 몰려왔다. 개어 놓은 이불 위에서 팔베개를 하고 누웠다가 그대로 잠이 들었다. 오줌이 마려워 일어났을 땐 이미 날이 밝아 있었다. 천장에는 밤새도록 매달려 잠들지 못한 전구가 발갛게 물들어 있었다.

'휴, 또 아침인가?'

배가 또 고팠다. 성만은 버릇처럼 밥솥을 보았다. 눌어붙은 라면과 밥알이 보였다. "부모님 모시고 오이라." 담임이 옆에서 소리치는 듯했다. 학교에 가고 싶은 마음이 천리만리 달아났다. 성만은 방바닥 한가운데 우두커니 앉아서 생각에 잠겼다.

'내가 뭘 하고 있는 거지? 나는 뭘 위해 공부를 하고 있는 거야? 이젠 정말 지겹다. 하루 세끼 밥 먹기가 너무 힘들다. 이 냄새나는 옷과 이불과 베개와 양말은……?'

방바닥을 노려보고 앉은 성만의 머릿속으로 불현듯 떠오르는 영상이 하나 있었다. 문경 봉암사. 지난해 겨울에 찾아갔던 곳. 숙모가 떠나고 자식도 없이 홀로 살던 삼촌이 스님도 되지 못하고 불목하니로 살고 있던 그 절. 그때 삼촌은 성만이 찾아가자 맨 먼저 큰스님에게 인사를 시켰다. 큰스님이 환하게 웃으며 성만을 맞았다.

"호, 네가 용운이 자랑하던 조카로구나."

'용운'은 삼촌의 법명이다.

큰스님은 두꺼운 방석을 다섯 개나 쌓고 높다랗게 앉아서 성만과 삼촌을 내려다보았다. 절하고 나서 꿇어앉은 성만에게 큰스님이 물었다.

"너는 혹시 불교를 아느냐?"

성만은 얻어들은 말이 있어 자신 있게 대답했다.

"해탈 아닙니까?"

"응? 해탈이라?"

큰스님이 껄껄 웃었다. 한참을 웃어 젖히던 큰스님이 우렁우렁한 목소리로 말했다.

"저놈 머리 깎여야겠다!"

그러고는 삼촌을 돌아보며 부드럽게 말했다.

"데려다 저녁 먹이게. 맛있는 것 많이 주고."

성만은 삼촌을 따라 나오면서 생각했다.

'지금 큰스님이 날 칭찬한 거야, 놀린 거야?'

성만은 눈 덮인 봉암사의 고즈넉한 분위기가 갑자기 못 견디게 그리웠다.

'그래, 나는 스님이 될 운명을 타고난 거야.'

성만은 고개를 끄덕였다. 아울러 어릴 때 자주 듣던 말이 똑똑하게 되살아났다.

"너는 목 없는 부처의 얼굴이야."

성만이 어린 시절 늘 지나다니던 갈림길에 목 없는 돌부처 하나가 있었다. 그 무렵 산 너머 절에서 혼자 살던 스님이 성만의 집에 자주 왔었다. 그 스님은 올 때마다 성만의 넙데데한 얼굴을 보고 "갈림길에 있는 목 없는 부처님 얼굴과 똑같심더." 하면서 할머니에게 성만을 달라고 했단다. 데려다 스님으로 키우겠다고 말이다. 부처님과 스님의 말이라면 팥으로 메주를 쑨대도 믿는 할머니는 "그러마." 하고 대답했고, 할머니의 말이라면 술 먹다가도 벌떡 일어서는 아버지도 "그럴까?" 하고 망설였는데, 어머니가 결사적으로 막아 줘서 겨우 동자승이 되는 걸 면한 성만이었다.

'그래, 어차피 나는 스님이 될 운명을 타고난 거야. 속세에서 이러고 얼쩡거릴 필요가 없지.'

성만은 마음속으로 다짐했다.

'그럼 어디로 가지? 그래, 삼촌을 찾아가자.'

삼촌은 올해 봄 문경 봉암사를 떠나 밀양 표충사로 갔다. 성만은 어금니를 꽉 물고 각오를 다지면서 벌떡 일어섰다.

가방을 뒤져 빨간 볼펜과 공책을 꺼냈다. 그리고 호마이카 상을 펴 놓고 글을 쓰기 시작했다.

아버지, 어머니. 불효자식을 용서하십시오. 불초 소자는 속세를 떠납니다. 소자를 찾지 마시옵소서. 소자는 불가에 귀의하여 티끌세상을 하직하려 하옵니다. 불초 소자, 눈물로 부모님 앞에 서찰을 올립니다.

1979년 10월 15일 불효자식 성만 올림.

성만은 쓴 글을 읽어 보았다. 글처럼 정말로 가슴이 복받치고 눈물이 쏟아졌다. 혼자 서러워서 어깨를 들썩이며 흐느꼈다. 한참을 흐느끼다가, 눈물을 닦고 일어서서 옷을 입었다. 입을 옷은 교복밖에 없었다. 할 수 없이 교복을 입고 그 위에 잠바를 하나 더 입었다. 있는 돈을 다 털어서 주머니에 넣었다. 방 한가운데 상을 옮기고 그 위에 조금 전 쓴 편지를 놓았다.

'내가 없어진 걸 알고 누군가 와 본다면, 금방 찾겠지.'

성만은 상 위에 놓인 편지를 보면서 생각했다.

'아마도 우조 놈이 맨 먼저 볼 거야. 내가 학교에 가지 않으면 득달같이 집으로 달려올 녀석이니까.'

상 위의 편지를 집어 들고 읽다가 황당해할 우조의 얼굴을 떠올리자 성만은 피식 웃음이 나왔다.

성만은 걸어서 대구역으로 갔다. 될 수 있으면 학생들을 피하기 위해 뒷골목만 골라서 걸었다. 그러자니 평소에는 절대 다니지 않던 창녀촌으로 들어서게 되었다. 아침인데도 속옷만 입은 여자들이 다리를 벌리고 앉아 손짓을 했다. 어떤 여자는 "오빠!" 하고 부르고 어떤 여자는 "동생!" 하고 소리 지르면서 오라고 계속 손짓을 했다. 보통 때 같으면 얼굴을 붉히면서 단걸음에 뛰어 창녀촌을 벗어났겠지만, 성만은 천천히 걸었다. 그리고 여자들의 얼굴도 살펴보았다. '호? 쪼매한 놈이 대단한데?' 하는 얼굴로 여자들이 성만을 바라보았다. 성만은 속세를 떠나는 마당이었으므로 겁나는 게 없었다.

기차역에서 성만은 밀양행 표를 끊었다. 기차 안에서는 아무도 성만에게 말을 걸지 않았다. 밀양역 매점에서 빵 한 개와 사이다 한 병을 샀다. 역에 있는 직원에게 표충사 가는 길을 물었다.

"표충사 간다꼬?"

직원은 성만의 아래위를 열심히 훑어보았다. 성만은 무덤덤한 표정으로 그런 직원을 마주 보았다. 성만의 무덤덤한 얼굴에 기가 눌린 직원이 궁금한 물음을 끝내 묻지 못하고, 길을 알려주었다.

"저기, 들판 건너 큰 산 하나 보이제?"

"예."

"그 산에 있다, 표충사."

"고맙습니다."

성만은 꾸벅 인사를 하고 들판으로 나갔다. 들판은 가을걷이가 한창이었다. 바람은 시원하고 막 벼를 베어 낸 그루터기에서 나는 냄새는 상큼했다. 성만은 빵 봉지를 뜯어 보름달빵을 듬뻑듬뻑 베어 먹었다. 간간이 마시는 사이다는 꿀맛이었다. 논 한 배미도 돌아서기 전에 빵이며 사이다를 다 먹어 버렸다.

들판은 꽤 넓었다. 들판 끝에는 조그마한 산이 있었다. 그러나 산은 하나가 아니었다. 산 너머에 또 산, 너머에 또 산, 작은 산들이 줄지어 서 있었다. 큰 산으로 보였던 산이 혼자 서 있는 게 아니었다.

산을 넘고 넘어, 큰 산줄기에 들어섰다. 드문드문 만나던 사람들이 자취를 감췄다. 작은 산 들머리에서 보았던 '표충사 가는 길'이라는 팻말도 더는 나타나지 않았다. 고요. 문득 후드득 새 나는 소리, 풀잎을 건드리며 떨어지는 낙엽의 바스락거리는 소리만이 들려왔다. 온 세상이 멈춰 버린 듯했다. 성만의 앞쪽으로 오솔길이 굽이져 있었다. 마치 그곳에서 길이 끊어지기라도 한 것처럼. 바삐 굽이를 돌아가면 또 새로운 굽이가 나왔다.

모퉁이를 몇 개나 돌아서 올랐을까. 시원하게 펼쳐진 초원이 나타났다. 바람이 산 아래서 솨솨 소리를 내며 밀고 올라왔다. 이

마에 난 땀이 금방 식었다. 초원 한쪽에 넓은 돌서덜이 보였다. 물이 밀고 내려오다가 돌들을 쌓아 놓은 곳. 집채만 한 바위부터 아기의 종주먹만 한 돌까지 얽히고 설켜 있었다.

돌서덜을 보자 성만은 아버지의 말이 생각났다. 아버지가 일군 산 너머 밭에 가면서였다. "조심해라. 돌서덜엔 독사가 많으니라. 물리면 약도 없대이." 돌서덜 독사에 물리면 열 걸음도 걷지 못하고 죽는다는 것. 아홉 살 어린 나이에 그 말을 들을 때 얼마나 무서웠던가. 그 뒤로 산에 가서 조그마한 돌무덤만 봐도 멀리 돌아갔던 기억. 성만은 돌서덜을 가만히 바라보다가 주춤주춤 그곳으로 걸어갔다. 성만은 돌서덜 가운데에 주저 없이 들어섰다. 그리고 돌 사이의 구멍을 이리저리 살폈다. 곧 뱀이 고개를 빳빳이 세우고 달려들 것만 같았다. 성만은 으슥한 구멍에 얼굴을 들이밀고 뱀을 찾았다. 하지만 뱀은 좀처럼 보이지 않았다.

성만은 고개를 들어 하늘을 쳐다보았다. 해가 지려면 아직 두어 시간 남은 듯했다. 성만은 돌서덜에 누웠다. 조금 있자니 등에 돌이 배겨서 아팠다. 몸을 일으켜 평평한 돌로 움직여 갔다. 편안해졌다. 누워서 해를 바라보니 눈이 부셨다. 성만은 눈을 감았다. 그리고 생각했다.

'이렇게 누워 한숨 자자. 자는 동안에 뱀이 와서 물겠지. 그럼 조용히 죽는 거야.'

성만은 괜히 서글펐다. 이렇게 학교도 결석하고 산에 들어와 있는 자신이 한심하기도 했다. 절을 찾아가 중이 되겠다는 마음을 먹고 떠나온 길이지만, 사실 그것도 자신이 없었다. "겨우, 자취하는 게 힘들어서 도망갔단 말이야?" 친구들의 비웃는 목소리가 들리는 듯했다. "그 정도 고통도 이겨 내지 못하고 장차 뭐가 되겠어? 뭐, 경영대학을 간다고? 그래서 사장을 하겠다고? 흐흐, 지나가던 개가 웃겠다." 함께 대구로 유학 온 중학교 동창 용식이 비웃는 소리도 들렸다. 그러나 성만은 절박했다. 그 이유를 명확하게 설명할 수 없는 것이 더욱 괴로웠다. 다만 세상의 온갖 고통이 자신에게만 몰려온다는 생각. 자취의 괴로움. 사람살이의 가장 기본인 의식주 해결이 날마다 귀찮고 괴로우니 하루하루 살아 내기가 지겹기 그지없었다. 그러니 성적은 자꾸만 떨어지고, 좋은 대학에 갈 희망도 점점 멀어져만 갔다.

'더 이상 뭘 바라고 학교를 다닐 것인가?'

성만은 세상에서 자신만이 가장 불쌍하고 괴로운 존재라는 서글픈 연민에 빠졌다. 자기 연민에 빠진 성만은 그냥 그렇게 햇볕 아래, 따뜻하게 데워진 돌 위에 누워서 잠을 자듯이 세상에서 사라지고 싶었다. 햇빛이 눈꺼풀에 부딪쳐 오색영롱한 무지개를 만들었다. 눈가에 이슬방울이 맺힌 모양이었다. 눈을 깜짝이며 빛으로 장난을 치다가 성만은 잠이 들었다.

얼마나 잤을까, 성만은 섬뜩한 기운에 눈을 번쩍 떴다. 사방이 깜깜했다. 밤이었다. 성만은 용수철이 튕겨지듯 벌떡 일어섰다.

걸음을 옮기다가 발이 돌 사이에 끼였다. 성만은 온몸에 소름이 쫙 돋았다. 하늘을 쳐다보았다. 그믐인지 달도 없고 별만 빼곡히 있었다. 하늘에 가득 매달린 별들이 우수수우수수 떨어지며 날카로운 칼날이 되어 성만에게 달려들 것만 같았다. 성만은 더는 하늘을 쳐다보지 않고 걸음을 재촉했다.

사방에서 검은 나무들이 웅웅 소리를 냈다. 돌서덜을 거의 다 빠져나왔을까, 하으응! 밤새인지 살쾡이인지 짐승이 울었다. 성만은 자지러졌다. 다리 힘이 쫙 풀리면서 입에선 헉! 하고 숨 막힌 소리가 터져 나왔다. 떨리는 다리로 돌을 헛디뎌 넘어지면서 이마를 돌에 찧었다. 손으로 이마를 만져 보니, 끈적한 것이 묻어났다. 손에서 비릿한 피 냄새가 났다. 피 냄새를 맡고 성만은 정신이 번쩍 들었다.

'죽으려던 놈이…….'

성만은 헛웃음이 나왔다. 두려움이 많이 누그러졌다. 어둠에 눈이 익어 둘레의 사물이 잘 보였다. 성만은 낮에 왔던 길을 되돌아 내려가기 시작했다. 한참 가다가 길을 잘못 들었는지 올라오던 길이 아니었다. 길이 끊어졌다. 더 이상 길은 보이지 않는데, 큰 너레바위 너머에 과수원인 듯한 밭이 보이고 밭머리에 움막이 보였다. 성만은 빠른 걸음으로 움막을 바라보고 달려갔다.

움막에 사람은 없었다. 버려진 과수원이었다. 잡초만 무성했다. 움막 옆에 감나무 몇 그루가 서 있는데, 가지는 부러지고 볼

품이 없었다. 그래도 초라하나마 감 몇 개를 달고 있었다. 성만은 감 한 개를 따서 한입 베어 물었다. 떫었다. 삼키지 못하고 뱉었다. 성만은 움막 안으로 들어갔다. 짚으로 올려놓은 이엉이 터져서 하늘이 보였다.

'집 안에 누워서 하늘의 별을 본다는 것이 바로 이것이로구나.'

성만은 어려서 듣던 할머니의 이야기 한 자락을 떠올렸다.

"어떤 총각이 딸 가진 어무이한테 자기 집은 벽에 청룡 황룡 그림이 있고, 방 안에 누워서 별도 보고 달도 본다고 흰소리를 했단다. 딸 어무이는 총각 집이 엄청 부자인 줄 알고 떡하이 딸을 시집보내고 가 봤더이, 찢어지게 가난한 집인 기라. 지붕이 없으니께로 빗물이 새서 벽에 얼룩이 진 기라. 그 얼룩을 청룡 황룡 그림이라 했던 기지. 물론 지붕이 없으이 별이고 달이고 물리게 보지 않겄나."

흙벽돌로 쌓아 올린 움막의 벽은 튼튼하게 버티고 있어서 무너진 곳은 없었다. 시월 중순의 산에서 부는 밤바람은 차가웠다. 성만은 움막 둘레를 돌아다니며 지푸라기와 검불을 긁어모아 움막 안에 둥지를 만들었다. 그리고 그 위에 앉았다.

'검 한 자루 등에 지고 강호를 떠돌다!'

성만은 무협지의 주인공들을 떠올려 보았다. 그들은 하나같이 동굴이나 움막이나 들판에서 잠을 잔다. 바람처럼 세상을 떠돌아

다닌다. 기이한 인연을 만나거나 비급을 얻어서 절세무공을 익힌다. 그리고 세상에 오직 하나뿐인 절세미인을 만나서 사랑을 한다. 그들은 컴컴한 자취방에서 웅크려 앉았다가, 시계추처럼 학교에 왔다 갔다 하는 그런 인생이 결코 아니었다. 성만은 그런 생각을 하며 하늘의 별을 올려다보았다. 별이 반짝 빛을 냈다. 성만은 세운 무릎 사이에 머리를 박고 생각했다.

'그래, 학교는 이제 그만 다니자. 그럼 뭐 하지? 절도 사실 별로다. 그럼 어디로 가나? 고민이다.'

고민에 고민을 거듭하다가 성만은 잠이 들었다. 잠이 깼을 때에는 바깥이 훤하게 밝아 있었다. 동쪽 산 위로 해가 올라와 있었다. 성만은 해를 바라보며 한껏 기지개를 켰다. 다리도 뻐근하고 어깨도 무겁고 온몸이 결렸다. 성만은 국민체조로 몸을 풀었다.

몸을 풀고 나서, 성만은 해가 잘 비치는 양지바른 곳을 골라 자리 잡고 앉았다. 해는 쑥쑥 올라왔다. 따스한 햇살을 받으며 성만은 궁리했다.

'자, 이제 뭘 어찌하면 좋을까? 애초 생각대로 표충사를 찾아가나? 아니면 대구로 되돌아가 학교를 다녀야 하나? 학교를 때려치우고 집에 갈까? 그래, 집에 가자.'

성만은 집을 생각하자 마음이 확 쏠렸다. 환하게 웃는 어머니의 얼굴도 떠올랐다. 한 달에 한 번 집에 갈 때마다 성만이 좋아한다고 홍두깨로 국수를 밀던 어머니. 칼국수의 그 구수한 냄새가 코를 간질이는 듯했다. 성만은 마음이 훈훈해져 얼른 집에 가고 싶은 조바심이 날 정도였다.

'그래, 집에 가자. 가서 어머니한테 이 서러운 마음을 다 말하진 못해도 어머니 얼굴이라도 보면 마음이 편해지겠지. 학교는 왜 안 가고 집에 왔냐고 물으시면? 까짓 뭐 둘러대면 되지. 그런데 학교는 어떻게 하고 가지? 그냥 무단결석을 하나? 아니지, 그럼 안 되지. 그건 담임선생님에 대한 예의가 아니지.'

성만은 생각에 잠겼다. 잠시 고민에 빠졌던 성만은 입을 앙다물었다.

'그래, 어차피 다니고 싶은 마음 눈곱만큼도 없는 학교, 이참에 자퇴를 해 버리는 거야. 자퇴서를 내고 아주 깨끗이 대구를 떠나는 거야!'

성만은 일어섰다. 스스로 작정한 모든 것이 마음에 들었다. 가슴속에서 밀고 올라오는 뿌듯한 감정을 억누르기 어려웠다. 그래서 성만은 해가 둥실 떠오른 동쪽 산을 바라보고 냅다 고함을 내질렀다.

"이야—!"

성만은 산을 내려와 기차역으로 갔다. 기차를 타고 다시 대구로 향했다.

마침내 대구에 도착한 성만은 먼저 자취방으로 갔다. 호마이카 상 위에는 부모님에게 쓴 편지가 그대로 놓여 있었다. 우조가 봤다면 좀 창피할 뻔했는데, 녀석이 안 봐서 다행이라고 생각하며 성만은 얼른 편지를 찢어 버렸다. 대신 다른 종이에 이렇게 썼다.

자퇴서

저는 가정 형편상 더 이상 학교에 다닐 수 없습니다.
선생님, 죄송합니다. 안녕히 계십시오.

2학년 6반 고성만 올림.

'자, 이제 집에 가자.'

성만은 쓴 글을 다시 읽어 보며 마음을 다졌다. 그리고 세수를 하고 학교로 갔다. 오후 수업이 시작되어 운동장도, 교실도 조용했다.

마침 담임은 수업이 없는 시간이라 교무실에 있었다. 담임은 성만이 내미는 자퇴서를 보곤 눈이 휘둥그레졌다.

"뭐야? 니, 와 이카노? 갑작시럽게."

"갑자기가 아닙니다. 오래 생각했습니다."

"니, 부모님 모시고 오라 캐서 그카나?"

담임이 아픈 곳을 찔렀다. 성만이 고개를 흔들었다.

"아닙니다."

“그럼 와?”

“설명하기 어렵습니다.”

담임은 성만을 가만히 바라보았다. 한참을 그렇게 있다 다시 입을 열었다.

“니, 내가 자퇴를 허락할 거라꼬 생각하나? 정말 이럴 수 있는 기가? 한마디 상의도 없이.”

“저는 고민 많이 했습니다. 그럼 선생님, 안녕히 계십시오.”

성만은 허리를 숙여 절을 하고 돌아서서 교무실을 나왔다. 담임이 급하게 일어서서 성만을 따라왔다.

“성만아, 성만아! 내 말 좀 들어 보거래이.”

성만은 뒤도 돌아보지 않고 빨리빨리 걸었다. 담임이 뛰어왔다. 숨을 헐떡이면서 담임은 성만의 손을 잡았다.

“성만아, 니가 뭘 몰라서 그카는데, 이카는 기 아이다.”

담임의 눈빛이 애절했다. 성만은 고개를 돌렸다. 담임이 성만을 잡은 손에 힘을 주었다.

“성만아, 니가 저 교문을 나서마, 그 순간, 그곳은 벼랑이다. 니 인생은 끝장나 뿌는 기라.”

성만은 담임이 가리킨 교문을 바라보았다. 차마 입 밖으로는 말하지 못하고 속으로 말했다.

‘선생님, 교문을 나서면 끝이 아니라 시작입니다. 저는 교문 안에 있으면 죽어요.’

성만은 담임에게 잡힌 손을 빼냈다.

"선생님, 안녕히 계십시오."

성만은 고개를 숙여 인사를 하고 돌아서서 교문을 나섰다. 담임은 더 이상 성만을 쫓아가지 못하고 두 팔을 벌린 채 멍하니 서 있었다. 교문을 나서지 못한 담임은 성만의 뒤통수를 하염없이 바라볼 뿐이었다.

교문 바깥은 한길이라 수많은 사람들이 바쁘게 오가고 있었다. 성만은 곧바로 시외버스 터미널로 가서 시골집으로 가는 버스를 탔다. 의자에 몸을 부리고 앉아서 차창 밖을 물끄러미 바라보는데, 허공중에 몇몇 친구들의 얼굴이 나타났다. 우조, 연규, 창학, 그리고 지혜……. 우조에게 말 한마디 제대로 안 하고 떠나는 것이 못내 마음에 걸렸다. 하지만 일부러 만나기를 피한 것은, 만나서 설명할 말이 없는 까닭이었다.

성만은 학교에서 자퇴하는 행동에 대해서 스스로도 자신을 완전하게 이해시킬 수 없는 상태였다. 그러니 우조나 연규에게 뭐라고 말할 것인가? 우조나 연규가 "너 왜?" 하고 물으면, 상당히 고민스러운 얼굴을 한참 하고 있다가 "그냥."이라고 대답하고 겸연쩍게 웃고 말 게 뻔했다. 말없이 떠난 성만의 뒤통수에 대고 "의리 없는 놈!" 하고 녀석들이 소리치겠지만 어쩔 수 없다고 성만은 자신을 위하여 변명했다. 그리고 집에 도착하는 대로 편지라도 한 통 하리라, 그렇게 마음을 먹는 것으로 혼자서 친구들과 이별을 하고 말았다.

친구들의 얼굴이 사라지자 버스 창문에 부모님의 얼굴이 어른거렸다. 부모님이 화를 낼지 잘했다고 할지, 성만은 확실하게 알 수 없었다.

강호로 나서다

"니, 학교 안 가나?"

집에 온 지 사흘 만인가, 어머니가 물었다. 아침밥을 먹는 중이었다. 아버지도 궁금한 얼굴로 성만을 물끄러미 바라보았다. 성만은 올 것이 왔구나 하면서 미리 생각해 두었던 말을 했다.

"눈이 잘 안 보여서요."

"뭐라?"

어머니가 되묻고 아버지가 눈을 크게 떴다.

"칠판 글씨가 잘 안 보여서 공부를 못 하겠어요."

"눈이 안 보이? 언제부터 그랬노?"

어머니가 놀라서 성만에게 다가앉으며 성만의 눈을 만졌다. 아버지도 숟가락을 놓고 성만의 눈을 뚫어져라 바라보았다.

"꽤 되었어요. 구월 초부터……."

성만은 죄책감을 느꼈다. 거짓으로 어머니의 가슴을 아프게 하는 불효자식. 그런 생각에 성만은 가슴이 찌르르했다.

"야가 눈이 안 뵌다네요."

어머니가 아버지를 돌아보며 말했다.

"내도 들었다."

아버지가 약간 화난 목소리로 대답했다.

"우짜노. 눈이 와 갑자기 그래 안 뵈노."

어머니가 당황해서 어쩔 줄 모르며 말하는데, 아버지가 짧게 말했다.

"우짜긴 뭘 우째. 빙원 가마 되지."

그렇게 이틀이 지났다. 이른 아침, 아버지가 성만에게 종이쪽을 내밀었다.

"여게가 용하단다. 눈이고 뭐고 다 고친다 카이, 가 봐라."

종이쪽에는 비뚤비뚤한 아버지 글씨로 이렇게 쓰여 있었다.

강원도 북핑, 해성빙원. 북핑역서 한마실 거이.

성만이 종이쪽을 들여다보고 앉았는데 아버지가 말했다.

"상주서 기차 타고, 영주 가서 갈아타고 가마 될 끼다. 갔다 오니라."

아버지가 돈을 내밀었다. 꽤 많은 돈이었다. 돈을 안 받을 핑계가 없었다. 옷을 차려입고 어머니의 배웅을 받으며 성만은 집을 나섰다.

고개에 올라서서 성만은 집을 돌아보았다. 어머니가 마당에 서서 손을 흔들고 있었다. 아버지는 마루에 앉아서 담배를 뻑뻑 피우고 있었다. 성만은 부모님에게 죄스러워 얼른 몸을 돌려 고개를 내려갔다.

성만은 버스 정류장까지 걸어가면서 생각에 잠겼다.

'난 어디로 가야 하지? 시력은 양쪽 다 1.2인데, 북평에 있는 해성병원은 결코 갈 일이 없고 말이야.'

성만은 도대체 어디로 가야 할지, 막막했다. 목적지도 결정하지 못한 채 성만은 시내로 나가는 버스를 탔다. 그리고 자석에 끌리듯 기차역으로 갔다. 기차역 대합실 긴 의자에 앉아서 오가는 사람들을 멍하니 바라보았다. 쓸쓸했다. 갈 곳을 찾아 바쁘게 걷는 사람들이 부러웠다. 북평은 하루 만에 다녀올 수 있는 곳이 아니었다. 그러니 오늘 집으로 돌아갈 수도 없는 처지였다.

'뭘 하지? 뭘 하지? 어디로 가지?'

고민에 고민을 거듭하던 성만은 석탄을 가득 실은 기차를 생각해 냈다. 그리고 곧바로 철암을 떠올렸다. 강원도에서 석탄광으로 가장 유명하다는 철암. 성만보다 열두 살이 더 많은 사촌 형이 그곳에 살았다. 언젠가 명절 때 만났던 형의 말이 떠올랐다.

"탄광 일이 힘들긴 하지만 돈은 많이 벌 수 있지."

철암에는 탄광이 많다고도 했다. 그리고 누구든 몸만 건강하면 광부가 될 수 있다고도 했다.

성만은 자리를 박차고 일어섰다. 그리고 철암 가는 차표를 끊었다. 성만은 차비와 병원비가 든 잠바 속주머니를 슬쩍 만지며 생각했다.

'그래, 이제 난 강호로 떠나는 거야. 맨몸으로 세상 속에 뛰어드는 거지. 겁날 거 없어. 난 무슨 일이든 할 수 있어. 돈도 많이 벌어서 부모님을 잘 모시자.'

성만은 각오를 다지며 기적 소리가 길게 울리는 플랫폼으로 힘차게 걸어 나갔다.

철암역을 나서는데, 온통 까맸다. 길도 까맣고 집들의 지붕과 벽도 까맣고, 동네 사이를 흐르는 시냇물도 까맸다. 사촌 형을 찾아갈 생각은 꼬물도 없었다. 길목마다 이정표가 보였다. 강원산업, 함백탄좌, 태백광업, 대진산업…….

성만은 가장 가까운 곳에 있는 탄광을 찾아갔다. 철길에 쇠수레가 철커덕거리며 굴러가는 소리, 서로 거칠게 외치며 부르는 소리, 웅웅거리는 기계음. 성만은 낯선 소리들에 조금 얼이 빠졌다. 게다가 우락부락한 사내들 몇이 얼굴에 탄가루를 묻히고, 헬멧을 눌러쓰고 앉아서 성만을 보고 있었다. 성만은 주눅이 들어서 어찌할 바를 모르고 우두커니 서 있는데, 탄광 입구 사무실에 앉아 있던 사람이 성만을 불렀다.

"야, 너 뭐냐? 이리 와 봐."

얼굴이 마르고 코가 뾰족한 남자가 날카로운 눈으로 성만을 훑어보면서 손가락을 까닥까닥했다. 성만은 어쨌든 말을 걸어 준게 반가워서 얼른 달려갔다.

"너 왜 왔어?"

"저, 광부가 되려고 왔는데요."

"뭐라고?"

남자가 키득 웃었다. 옆에 앉아 있던 남자도 고개를 빼고 성만을 보았다. 두 사람은 서로 바라보고 킬킬 웃었다.

"야, 너 몇 살이냐? 군대 갔다 왔냐?"

"아직 안 갔다 왔어요. 하지만 저 힘세요."

"인마, 안 돼. 미성년자 받았다가 조진다. 딴 데 가서 알아봐."

남자는 더 이상 성만을 상대해 주지 않았다. 성만은 무춤하게 섰다가 돌아서 탄광을 나왔다. 여기저기 가 보았으나 어딜 가나 다 마찬가지였다. 미성년자는 안 된다는 거였다. 그리고 꼭 하는 말이 군대 갔다 왔냐는 거였다. 성만은 그놈의 군대를 얼른 가든지 해야지 하고 생각했다.

'이제 어떡하지?'

갑자기 끈 떨어진 연 신세가 된 성만은 갈 길을 정하지 못했다.

길모퉁이에 멍하니 섰다가 정처 없이 걸었다. 걷다 보니 어느새 철암역이었다. 역 앞마당에서 기차를 타고 떠나야 할지, 어째야 할지 망설이고 있는데 누가 불렀다.

"응? 니, 성만이 아이가?"

작은아버지였다. 상주 한동네에 사는 작은아버지가 사촌 형네, 그러니까 아들네 집에 가느라고 막 역에서 나오던 참이었다. 작은아버지는 눈을 둥그렇게 떴다.

"니가 와 여 있노? 니 북핑으로 빙원 찾아가는 거 아이가?"

"예. 북평을 가다가……, 차를 잘못 타서……."

성만은 엉겁결에 둘러댔다. 그런데 둘러대고 보니 그럴듯했다. 작은아버지는 고개를 끄덕거렸다.

"흠, 그랄 수 있제. 그래 이왕 여게 왔으이, 날도 늦었고 그마 날 따라가자. 너그 형네 집서 하룻밤 자자."

"예."

사촌 형네는 아직 아이가 없어서 부부 둘만 살고 있었다. 고등학교를 졸업한 형은 광부가 아니라, 사무직이었다. 자재과에서 꽤 높은 자리에 있다고 작은아버지가 자랑하듯이 말했던 게 생각났다. 형은 작은아버지가 나를 만나게 된 일을 말해 주자 더 이상 아무것도 묻지 않았다. 성만은 그런 형이 고마웠다. 형수는 도련님 왔다고 맛있는 반찬을 많이 준비했다. 성만은 아주 배불리 밥을 먹었다.

밤이 되어 잠을 자는데, 바로 옆에 시내가 있어서 물소리가 꽤 시끄러웠다. 곁에 누운 작은아버지는 코를 드르렁거리며 잘 자는데, 성만은 잠들지 못하고 뒤척였다. 물소리나 코 고는 소리가 성만을 잠들지 못하게 하는 건 아니었다. 당장 다음 날 아침에 어떻게 할 건지가 걱정이었다. 그냥 집으로 갈까 하는 생각도 있었다. 그러나 이대로 돌아가긴 싫었다. 탄광에서 돈을 좀 많이 벌어 보자는 생각이 단박에 깨져 버린 게 너무 허무했다. 이리 뒤척이고 저리 뒤척이고, 생각에 생각을 거듭하던 성만은 마침내 결론을 내렸다.

'그래, 서울로 가는 거야. 서울! 이왕이면 가장 큰 도시로 가 보자. 도시가 크면 할 일도 많을 거 아냐.'

그렇게 마음을 정하고 나자 잠이 쏟아졌다.

아침에, 사촌 형이 돈을 주었다. 만 원짜리 한 장. 날품팔이 일꾼의 사흘치 일당에 맞먹는 돈이다. 역시 돈을 많이 벌기는 하나 보다, 하는 생각을 하면서 성만은 여러 번 고맙다고 말했다. 서울 같은 큰 도시에 가려면 아무래도 돈이 좀 있는 게 나을 것 같아서였다. 작은아버지와 형, 형수에게 인사를 하고 성만은 역으로 갔다.

성만은 서울행 기차를 타고 가다가 종착역에서 내렸다. 청량리역이었다. 막 해가 넘어가는 저녁이었다. 철암에서 서울까지 오는 내내 성만은 마음속으로 주문을 걸듯이 자꾸 말했다.

'여기도 사람이 사는 곳이야. 사람이 사는 곳은 어디든 겁먹을 필요가 없어. 사람은 어디나 다 똑같잖아.'

정말, 서울은 사람이 사는 곳이 맞았다. 성만을 반갑게 맞이해 주는 사람도 만날 수 있었다. 성만이 역사를 빠져나와 광장에 섰을 때였다.

"학생, 이리 와. 우리 집에 가. 잘해 줄게."

성만에게 바짝 다가와 말을 하는 아주머니가 있었다. 만약 성만이 대구에서 고등학교를 다니지 않았더라면 그 뚱뚱한 아주머니의 친절한 말에 감격하여 고맙다고, 고맙다고 인사를 하며 따라갔을 것이다. 그러나 성만은 감격하지 않았을 뿐만 아니라, 들은 체도 하지 않고 앞만 보고 걸었다.

고등학교 1학년 때, 성만이 시골집에 갔다가 돌아오던 일요일 밤, 대구역에 내렸을 때다. 쓸쓸한 시골 유학생을 따뜻하게 맞이한 아주머니가 있었던 것이다. "학생, 이리 와……." 성만은 감격하여 따라갔다가 기겁을 하며 뛰어나왔다. 한참 나이가 많은 누나 또는 아주머니뻘 되는 여자가 성만의 옷을 벗기려 했기 때문이다. 나중에야 그곳이 창녀촌이란 걸 알게 되었다. 더러 그곳을 다녀온 적이 있는 반 친구들이 자세하게 말해 주었다.

성만은 아무런 정보가 없었다. 어디에서 어떻게 일자리를 얻어야 할지 막연했다. 그냥 길을 따라 걸었다. 도시는 늘 보던 대구와 비슷했다. 단지 키가 큰 건물이 좀 더 많고 길이 좀 더 넓어 보였다. 그리고 길가에 가게가 더 많았다.

길을 따라 하염없이 걷다 보니, 성만은 배가 고팠다. 마침 눈앞에 김이 설설 나는 찐빵이 보였다. 성만은 주저 없이 찐빵을 사 먹었다. 그 집에는 만두도 있었다. 성만은 만두도 사 먹었다. 그리고 또 걸었다. 두어 시간을 걸었을까, 다리가 아프고 배도 또 고팠다. 멀리 기차역이 보였다. 서울역이었다.

서울역은 청량리역보다 훨씬 크고 넓었다. 역의 넓은 마당이 끝나는 곳에 줄지어 선 식당이 보였다. 해장국집, 자장면집, 만두집……. 성만은 해장국집에 들어갔다. 콩나물국밥을 먹었다. 뜨거운 김이 얼굴을 따뜻하게 덥혀 주어 기분이 좋았다. 뜨거운 국물에 혀를 델 뻔했다. 콩나물국밥 한 그릇을 뚝딱 해치우고 성만은 식당 안을 둘러보았다. 시간이 늦어서 그런지 손님은 많지 않았다. 고부 사이로 보이는 아주머니와 할머니, 친구 사이로 보이는 중년 남자 둘, 어린 아들을 데리고 밥을 먹는 젊은 아버지가 있었다.

주인은 마흔 정도 되어 보이는 남자로 얼굴이 둥글고 눈이 크고 입도 컸다. 첫인상을 봐서는 마음씨가 좋아 보였다. 성만은 일어서서 값을 치르러 주인 남자에게 다가갔다. 그리고 말을 걸었다.

"아저씨, 어디 일할 만한 데 없을까요?"

"응?"

주인 남자는 성만의 얼굴과 몸집을 관심 있게 살펴보았다.

"고등학생이니? 아니면 졸업을 했든가."

"다니다 그만뒀어요."

"흠, 시골서 왔구먼. 어디야?"

"대구, 아니 상주요."

"상주, 그 양반 고을이지. 그래 왜 왔어?"

"저……."

성만이 머뭇거리자 주인 남자가 손바닥을 펴 흔들며 고개를 끄덕였다.

"아, 아, 됐어. 그래 일자리를 찾는다고?"

"예."

"우리 집에서 일해 볼래?"

"예? 여기서요? 무슨 일을?"

"배달하는 거야. 밥 배달. 싫으면 말고."

"잠잘 데도 없는데요."

"할 거야, 말 거야? 일을 한다면 잠잘 데도 있지."

"할게요."

성만은 서울 온 지 하루도 안 되어 취직을 했다. 그러나 첫 직장은 하루 만에 그만둬야 했다. 길을 몰라서 배달이 서툰 데에다, 주인 남자가 "월급은 없어. 밥 먹여 주고 재워 주는 것만도 어딘데." 하고 말했기 때문이다. 성만이 하루를 일하고 나서 어렵게

꺼낸 월급 이야기에 대답이 그랬다. 성만은 돈을 벌고 싶은 것이지, 재워 주고 먹여 주는 곳을 찾아온 게 아니었다. 하지만 당장 갈 곳이 없어서 일은 하지 않은 채 해장국집에서 하루를 더 머물렀다. 그 덕분에 갖고 있던 돈 가운데, 사촌 형에게서 얻은 돈이 거의 날아갔다. 하루치 밥값과 식당에 붙은 골방에서 자는 값을 주인 남자가 요구했기 때문이다.

빨리 그곳을 떠나야 했다. 주인 남자도 성만에게 빨리 사라지라고 했다. 그러면서 적선하듯이 한마디 해 주었다.

"인천으로 가 보라고. 거기엔 부두가 많은데, 부두 하역장에 가면 돈을 많이 번다더라. 넌 덩치도 크고 힘깨나 쓰게 생겼으니 일은 쉽게 구할 거다."

그래서 성만은 인천에 가기로 했다. 서울역 뒤편 서부역으로 가서 경인선 열차를 탔다. 성만은 동인천역에서 내렸다. 개찰구를 나와 마당으로 나갔다. 해는 중천에 떴다. 손을 눈썹 위에 얹고 해를 쳐다보는데, 뭔가가 종아리를 툭 쳤다. 내려다보니 배구공이었다.

"미안합니다. 공 좀 던져 주실래요?"

소리 나는 곳을 보니, 열 걸음쯤 떨어진 곳에서 대학생으로 보이는 여자가 미안한 표정으로 웃고 있었다. 여자 뒤로 역시 대학생으로 보이는 남자 셋과 여자 둘이 서서 성만을 보고 있었다. 커다란 은행나무 밑에서 그들은 공놀이를 하고 있었던 거다. 미안한 표정을 짓고 선 여자가 공을 놓쳐서 성만에게 굴러 온 모양이었다. 성만은 얼른 공을 주워서 던져 주었다. 공은 정확하게 여자 앞으로 굴러갔다.

"고마워요."

여자가 고개를 까딱하며 인사말을 했다. 자신감이 가득한 밝고 명랑한 목소리가 성만의 귀에 쟁쟁했다. 성만은 자리를 뜨지 못하고 한참이나 그들이 노는 걸 지켜보았다. 남자든 여자든 하나같이 청바지를 입고 깔끔한 셔츠를 입었다. 공을 던지고 받는 동작에 힘이 넘쳤다. 흥에 겨운 웃음소리, 거칠 것 없는 몸짓. 그들이 노는 둘레에 환한 빛무리가 가득 차는 듯했다.

그런데 마당 한 모퉁이에 우두커니 서서 그들이 노는 걸 지켜보는 성만은 어떤가? 마치 어두컴컴한 어둠이 자신을 둘러싸고 있는 듯했다. 성만은 그렇게 느꼈다. 그런 느낌이 들자 아랫배에서 가슴으로, 가슴에서 목구멍으로 울컥, 설움 덩어리가 밀고 올라왔다. 성만은 빨리 역 마당을 떠났다. 마치 어둠속으로 사라지듯이.

성만은 버스를 탔다. '부두'라는 명찰을 단 시내버스였다.

곧 바다가 나왔다. 거대한 컨테이너와 수많은 배들. 귀를 울리는 온갖 소음들. 뱃고동, 자동차 소리, 사람들 고함치는 소리가 뒤섞여 바다고 땅이고 모두 쿵쿵 울리고 있었다. 땅 위에 선 성만의 몸도 함께 울려서 그런지 심한 시장기가 찾아왔다. 밥 사 먹을 곳을 찾아보다가, 성만은 '상주국밥'이라고 쓴 간판을 보고 그곳으로 갔다. 국밥을 사 먹으면서 주인 여자에게 물어보았다.

"상주에서 오셨나요?"

"응? 총각도 상주 사램인가 배요?"

성만이 고개를 끄덕이자 주인 여자가 활짝 웃으면서 무척 반가워했다.

"아이고, 우째 고향 사램을 다 만내고. 정말 반갑구마. 보소, 일로 와 보이소. 이 총각이 상주서 왔다 카네."

여자는 남편을 불렀다. 머리가 반은 벗어진 남자가 방에서 선하품을 하면서 나왔다.

"뭐라? 뭐가 어쨌다꼬?"

"고향 사램 만냈구마. 이 총각이 상주서 왔다 카네여."

"그래? 반갑구마."

남자가 성만에게 손을 내밀며 히죽 웃었다. 성만은 자리에서 일어나 악수를 하며 고개를 꾸벅했다. 남자도 고개를 끄덕하더니, "얼른 밥 묵게, 얼른." 말하면서 성만의 맞은편에 앉았다. 밥을 먹는 성만을 죽 훑어보던 남자가 말했다.

"그래, 상주서 여까지 왜 왔을꼬?"

"돈 좀 벌려고요."

"돈을 벌라꼬?"

남자가 하하 웃었다. 여자도 하하 웃었다.

"돈 벌기가 쉽나. 그 아직 아 같은데, 배짱 한번 쎄네. 그래 올 몇 살이고?"

"열여덟입니다."

"그래? 좋은 나이다. 보니께 힘도 좀 쓰겠구마."

"예, 좀 씁니다."

"그래? 그럼 날 따라 일 좀 해 볼래?"

"뭔 일 하시는데요?"

"뭐 빌로 어려운 일 아이다. 힘만 있으마 된다."

성만은 그날부터 남자를 따라다니며 일을 시작했다. 배가 싣고 온 물건을 창고에 옮겼다가, 그걸 다시 화물차에 싣는 일이었다. 밥은 국밥집에서 먹고, 잠은 컨테이너에서 잤다. 일을 한 지 그럭저럭 한 달이 되었다. 성만은 남자에게 물었다.

"제가 일한 값은 언제 줍니까?"

"잉? 뭔 소리여?"

"제 품삯 말입니다."

"아, 그거."

남자가 피식 웃었다.

"아직 없어. 내가 미처 말을 못 해 줬구마."

성만은 뭔가 잘못되어 가고 있다는 생각이 들었다. 일이 끝난 저녁마다 분명히, 창고 주인이 남자에게 돈을 세어 주는 걸 봤기 때문이다. 그런데 아직 없다니…… .

"한 두어 달은 품삯이 없어. 그동안 나한테 일 배운 거여. 그게 여기 규칙이지."

"일을 배우다니요? 그게 배울 게 뭐 있다고."

"배울 게 뭐 있냐니, 야가 지금 비싼 밥 먹고 헛소리하나. 일 배우기 싫으면 말고."

남자는 일어서서 나가 버렸다. 성만은 꼼짝없이 한 달 품삯을 도둑맞았다는 걸 알았다. 사흘을 두고 남자를 따라다니며 졸랐으나, 돌아온 건 주먹이었다. 남자와 남자의 친구들 몇이 합세하여 성만에게 매타작을 놓았다.

"쪼매한 기 겁대가리 없이!"

남자가 가래침을 퉤 뱉으며 소리쳤다.

성만은 코피가 터지고 입술이 터졌다. 입에서 피를 줄줄 흘리며 국밥집을 찾아갔다. 주인 여자는 안쓰러운 얼굴로 성만의 피를 닦아 주었다. 그리고 국밥 한 그릇을 갖고 와서 성만 앞에 놓아 주었다.

"이 국밥 먹고 고마 고향으로 가거래이. 객지에서 떠돌아 봐야 고생배끼 더 하나?"

여자는 앞치마에 찬 주머니에서 돈을 꺼냈다. 천 원짜리 두 장을 세어서 성만의 손에 쥐여 주며 말했다.

"이거면 상주까진 갈 끼구마."

성만은 돈을 뿌리치지 못했다. 그랬다. 천하제일검은 무협지

속에나 있었다. 성만은 자신이 일검향이 아니란 걸 뼈저리게 깨달았다. 여자가 주는 돈을 받아서 성만은 기차역으로 갔다. 동인천역 마당을 들어서며 은행나무 쪽을 보았다. 노인 둘이 앉아서 한가롭게 담배를 피우고 있었다. 활기차게 웃으며 뛰어놀던 대학생들의 영상이 나타났다가 사라졌다.

성만은 서울역에서 가장 값이 싸고 가장 느린 비둘기호 기차를 타고 새벽 두 시쯤 김천역에 도착했다. 상주로 가는 기차는 새벽 여섯 시에 첫차가 있었다. 성만은 톱밥이 타는 난로 옆에 앉아서 졸다 깨다를 반복하며 기차를 기다렸다.

기차를 기다리던 그 새벽, 성만은 온갖 감상에 젖었고, 그날의 경험을 며칠 뒤 일기장에 이렇게 끼적거렸다.

새벽 첫차를 기다리면서 기차역에서 밤을 새워 본 적이 있는 사람은 안다. 물론 그 기차역은 큰 도시의 역이어선 안 된다. 너무 작은 간이역이어서도 안 된다. 최소한 열 몇 사람이 함께 첫차를 기다리는 지방 소도시의 기차역이어야 한다. 그런 역에서 첫차를 기다려 본 사람이라면 새벽이 깊어 가면서 거무스름한 색깔이 점점 푸른빛으로 변해 가는 모습을 안다. 그 처연한 빛깔. 쓸쓸하지만도 않고 그다지 희망적이지도 않지만, 뭔가 가슴 설레던 그 빛깔. 때가 마침 겨울이라면, 그 차디찬 새벽의 대기를 가슴깊이 들이마시면서 몸서리를 치기도 했을 것이다. 딱딱한 나무 의자에 앉았다 일어섰다 하다 보면 온몸이 뻑뻑해 자주 기지개를 켜야만 하는 지루한 시간. 잠들지도 깨지도 못하는 몽롱함을 반드시 감내해야만 하는 시간.

성만은 일검향이 되고자 강호로 나섰다가, 겨우 달포 만에 집으로 돌아오면서 그 모든 시간을 겪었다. 현실을 좀 더 정확한 눈으로 바라보기에는 턱없이 부족한 경험이었지만, 뭔가 눈치는 채기라도 할 만한 시간이었다. 천하제일검은 무협지 속에나 있다는 성만의 깨달음은, 그래서 집으로 돌아가야 한다는 선택은 상당한 내면의 발전이었다. 성만은 첫차를 타고 상주역을 거쳐 집으로 향했다.

3 운전대 잡은 놈

봄이 왔다. 밭을 갈고 논도 갈고 농작물을 낼 때가 하루하루 다가왔다. 성만은 아버지 대신 쟁기를 짊어지고 소를 부려서 논도 갈고 밭도 갈았다. 상일꾼도 하기 힘들다는, 하루에 논 두 마지기를 갈아엎었다. 일에 슬슬 꾀가 나기 시작하는 쉰도 중반을 훌쩍 넘긴 성만의 아버지는 성만이 일하는 걸 보며 흐뭇하게 웃었다. 아버지의 웃음을 보며 성만은 더욱 열심히 일했다.

성만은 아버지 대신 동네일도 다녔다. 처음에는 일이 서툴렀으나 곧 능숙하게 일을 했다. 못자리하기, 김매기, 담배 따기, 담배 엮기, 고추 심기. 무슨 일이든 성실히 하고 힘 잘 쓰는 성만을 보면 누구나 칭찬했다. 가을철에 벼 베기를 할 때에는, 나락 한 가

마니를 번쩍 들어서 경운기에 집어 던지는 성만을 보고, 사람들은 마침내 '장사'라고 불렀다. 그래서 이제 성만은 어딜 가나 장사 소리를 들었다. 할머니들은 성만을 보면 "우리 사위 삼았으면 좋겠다." "흥, 내가 손녀사위로 점찍었어." 하고 서로 다투듯이 말했다.

성만의 아버지는 아들을 늦은 나이에 낳았다. 그래서 친구들이 벌써 손자를 안고 앉아 정자나무 그늘에서 쉬고 있을 때에도 힘든 일을 해 왔던 성만의 아버지는, "이제 자네도 팔자 폈구마이." 하는 친구들의 말을 들으며 빙그레 웃었다. 그런 아버지를 보며 성만은 말할 수 없이 뿌듯한 기쁨을 맛보았다. 그렇게 아버지를 행복하게 해 주면서 온몸으로 농사를 지으며 살기로 다짐하고 또 다짐했다.

겨울이 되었다. 농사일도 끝나고 무료한 나날이 죽 이어졌다. 성만은 스물한 살 먹은 마을 형인 필성과 고교 졸업반인 동갑내기 사촌 정탁, 십촌쯤 된다는 동갑내기 친척 성우와 어울리며 날이면 날마다 화투짝을 만지작거렸다.

술도 오지게 먹었다. 화투를 쳐서 순위를 정해 술을 사 오고 안주도 마련했다. 눈이 덮인 뒷산 무덤을 타고 앉아 병나발을 불어 젖혔다. 두 홉들이 소주를 병나발 불기 시작해서 마침내 네 홉들이 소주도 병나발을 불었다.

"야, 야. 한 방울도 흘리면 안 된다. 알았제? 한 방울이라도 흘린 놈이 지는 기라."

필성이 다짐을 두었다. 처음으로 네 홉들이 소주를 병나발 불 때였다. 성만과 정탁, 둘이서 병마개를 따고 병 주둥이를 입에 물었다.

"자, 시작!"

필성과 성우가 소리를 질렀다. 꿀꺽꿀꺽 목을 타고 소주가 넘어갔다. 성만도 정탁도 숨 한번 고르지 않고 잘도 마셨다. 마지막 한 방울을 목으로 넘기고 성만은 병을 입에서 떼었다. 그 순간 성만은 머리가 건잡을 수 없을 정도로 무거워짐을 느꼈다. 그리고 어찌해 볼 새도 없이 고개가 앞으로 푹 꺾이며 엎어지고 말았다. 재빨리 몸을 돌려서 누웠는데, 머리가 빙빙 돌았다. 땅도 하늘도 무덤도 나무들도 빙빙 돌았다. 필성과 성우도 빙빙 돌면서 말을 걸어왔다.

"야, 인마들아. 성만아, 정탁아. 니들 괘않나?"

성만이 돌면서 옆을 보니 정탁도 똑같은 자세로 누워서 돌고 있었다.

술과 화투로 날을 보내면서 겨울이 깊어 갔다. 정탁은 시험을 봤던 대학에서 떨어졌다. 그래서 넷은 또 산에 올라가 소주를 병나발로 마셨다. 며칠 뒤 성우가 직업훈련원 시험에 붙었다는 통보를 받았다. 그래서 또 산에 올라가 병나발을 불었다.

"야, 성우야. 이월부터 훈련 가니까, 아직 한 달 남았네. 그때까지 신나게 술병 빨아 보자."

필성이 성우의 어깨를 툭툭 치며 말했다. "좋지!" 하고 성우가 맞장구를 쳤다.

그때쯤이었다. 마을이 술렁이더니 둑막이 공사가 시작되었다. 성만네 마을은 강가다. 성만네 마을뿐 아니라 여섯 개나 되는 마을이 강가에 펼쳐진 들판에 목숨 줄을 대고 있었다. 장마철이나 태풍철이 되면 강물이 넘어 들어와 잘 가꾸어 놓은 벼가 묻히기 일쑤였다. 마을 사람들의 오랜 바람이 드디어 이루어지게 된 것이다. 불도저, 굴착기, 덤프트럭이 떼로 몰려왔다. 둑막이 공사에 쓸 시멘트 벽돌을 찍는 기계도 속속 들어왔다. 그리고 무엇보다 반가운 것은 일할 사람을 모집한다는 것이었다. 그렇잖아도 겨울철에는 별로 일이 없던 남자들은 모조리 일을 하러 다녔다.

당연히 성만이 일당 넷도 일을 하러 갔다. 덤프트럭이 싣고 온 흙을 불도저와 굴착기가 쌓고 다져 놓으면 거기에 돌 주머니를 쌓는 일도 하고, 잔디를 심는 일도 했다. 일은 힘들었으나 재미도 있었다. 하루하루 일당이 불어 가는 재미. 무엇보다 재미있는 건 넷이 뭉쳐서 일하고, 막걸리도 마음껏 먹는 것이었다. 하루 일이 끝나고 집으로 돌아올 때면, 성만은 공중을 날았다. 보통 하루에 막걸리를 한 말 이상 먹어 치웠기 때문에 일을 할 때는 몰랐으나, 삽자루를 놓기만 하면 술기가 한꺼번에 치밀어 오르는 까닭이었다. 그래서 논두길을 걸어서 돌아오다가 다리가 풀려 논바닥으로 날아서 떨어지곤 했다. 그 나른한 기분이 성만은 더없이 좋았다.

그러나 새벽이 되면 어김없이 자리에서 일어났고, 새벽밥을 두둑이 먹고 또 일하러 나갔다. 단 하루도 빠짐없이 다녔다. 그렇게 한 달이 흐르고, 성우는 직업훈련원에 갔다. 헤어지는 날, 공고를 졸업한 성우가 말했다. 넷이 술 마실 때마다 모이는 곳, 성만네 집 뒤 무덤동산에서였다.

"기술을 제대로 한번 배워 보겠어. 선반 기술을 제대로 배워서, 기능공 대회에도 나갈 거야."

"좋다!"

필성이 소리를 지르며 성우 술잔에 술을 가득 따랐다.

"자, 성우를 위하여 건배!"

넷은 술잔을 힘차게 부딪쳤다. 성만이 성우 잔에 다시 술을 채웠다.

"대한민국 일등 기능공이 되어라."

"아냐. 이왕이면 세계 대회에 나가서 일등 먹어라."

정탁이 소리쳤다.

"좋아. 성우의 세계 제패를 위하여 건배!"

필성이 다시 건배를 외쳤다.

성우가 떠나고 열흘이 지났을 때, 필성도 마을을 떠났다. 필성은 서울에서 철공소를 하는 삼촌네에 간다고 했다. 성우를 보낸 뒷동산에서 다시 셋이 모였다.

"뭐 내가 꼭 가고 싶은 건 아냐."

필성이 조금 풀 죽은 목소리로 말했다. 정탁이 물었다.

"왜? 형, 철공소가 싫어?"

"싫다기보다는……, 내가 뭐 쇠 만지는 일을 해 봤어야지."

"그럼 싫다고 하지."

성만이 안타까운 얼굴로 말했다.

필성이 술잔의 술을 입에 탁 털어 넣고 대답했다.

"싫다고 했는데……, 삼촌이 막무가내야. 농사보다 철공 일을 배우는 게 낫다고, 젊은 놈이 시골에 처박혀 땅 파먹고 살면 뭐하냐고. 하도 그러니까 아버지도 삼촌한테 가래."

"에이, 형 가면 심심해서 어쩌냐."

성만이 맥 빠진 목소리로 말했다.

"좋은 일인데 뭘 그래. 자, 필성이 형을 위하여 건배!"

정탁이 일부러 밝은 목소리로 외쳤다. 성만도 필성도 같이 잔을 들어 올려 부딪쳤다.

필성이 떠나고 이제는 성만과 정탁 둘이서 일을 다녔다. 둑 공사도 거의 끝나 가고 있었다. 이제 벽돌을 찍어서 둑을 예쁘게 마무리하는 일만 남았다. 잡일이 없어 마을 사람들의 일자리도 거의 없어졌다. 젊고 힘 좋은 몇 명만 남아 벽돌을 찍었다. 정확히는 벽돌 찍는 일은 기계가 하고 사람은 기계의 각 단계마다 몇 명씩 붙어서 일을 했다.

1단계는 커다란 모래 통에 모래를 퍼 넣는 일이다. 삽으로 모래를 퍼서 넣어야 하는데, 기계가 쉼 없이 돌아가기 때문에 거의 쉴 틈이 없다. 이름하여 '천 삽 뜨고 한 번 허리 펴기'였다. 2단계는 모래 위에 시멘트를 쏟아붓는 일이다. 시멘트는 한 포가 사십 킬로그램에 이른다. 힘 약한 노인이나 어린아이는 들 수도 없는 무게다. 이 시멘트를 거의 삼사 분에 한 포씩 뜯어서 들이부어야 한다. 모래 통은 어른의 허리 높이보다 높았으므로 시멘트 포를 날라 오고 들어 올려서 붓는 일도 꽤 힘든 일이었다. 그러나 모래를 떠 넣는 삽질보다는 나은 편이었다. 3단계는 물통에 물 넣기다. 이것은 물이 나오는 호스를 잡고 있기만 하면 된다. 크게 힘이 들 일은 없다. 그러나 물의 비율을 잘 맞추어야 한다. 물이 너무 많거나 적으면 벽돌이 찍히질 않는다. 그러므로 3단계는 바로 기술이다. 4단계는 벽돌을 찍는 기계의 꽃이라고 불렸다. 벽돌을 최종적으로 찍어 내는 일이기 때문이다. 이 단계는 온몸과 머리를 다 사용해야 한다. 오른손으론 말뚝 핸들을 잡아당겨 이겨진 시멘트를 네모지게 자른다. 동시에 왼손으로 역시 또 다른 말뚝 핸들을 잡아당기는데, 그러면 네모지게 잘라져 떨어진 벽돌에 동그란 구멍 세 개가 뚫린다. 그런 다음 곧바로 왼발로 넓적한 스위치를 꾹 밟아야 한다. 그러면 완성된 벽돌이 판에 실려서 나가게 되는 것이다. 이 4단계는 가만히 보면 마치 온몸으로 춤을 추는 듯 보인다. 4단계를 맡은 사람을 '운전대 잡은 놈'이라고 부른다.

"몸이 재빨라야 해. 둔한 놈은 안 된다고."

벽돌 찍는 기계의 십장이 말했다. 운전대를 잡으려면 보통 일 년 이상 벽돌밥을 먹어야 한다고 했다. 하지만 십 년을 벽돌밥을 먹는다고 해도 운전대를 잡을 수 없는 놈도 있다고 했다.

"머리 나쁜 놈은 절대 못 잡지."

십장의 말이었다. 큰 공사판마다 벽돌을 찍으러 다닌다는 그 사람들은 다섯 명이 같이 다녔다. 시멘트 일 두 명, 물 넣기 한 명, 운전대 잡은 놈 한 명, 기계의 주인이자 십장. 그렇게 다섯이었다. 십장이나 다른 일꾼들은 모두 운전대 잡은 놈을 함부로 대하지 않았다. 운전대 잡은 놈은 서른 중반쯤으로 보이는 호리호리한 사내였다. 이름이 '진대'였는데, 십장과는 달리 거의 말이 없었다. 이 진대라는 사람이, 말하자면 유일한 기술자였다. 십장은 얼굴이 벌건 사람으로 기차 화통을 삶아 먹었는지 목소리가 걸걸하고 수다스러웠다.

성만과 정탁은 모래를 퍼 넣었다. '잡부'라고 불리는 둘이 할 일은 아무런 기술이 필요 없었다. 다만 기계에 맞춰 기계처럼 삽질을 하면 되었다. 새벽에 나가서 해가 질 무렵 끝나는 일이었다. 몇만 삽을 떴는지 헤아릴 수도 없었다. 첫날에는 허리가 끊어질 듯 아팠다. 둘이서 막걸리를 거의 두 말이나 마셔 댔는데도 허리가 아픈 걸 느꼈으니, 일이 얼마나 고된지는 알 만했다.

사흘이 지나자 삽질에 좀 적응이 되었다. 삽질에 적응이 되고 나니, 성만은 슬슬 다른 단계의 일을 해 보고 싶어졌다. 삽질을 부지런히 해 놓고 시멘트를 한 포 들어다 콱 뜯어서 부었다. 그동안 시멘트 포 뜯는 일과 들어서 붓는 요령을 눈여겨보아 두었던 까닭에 성만의 동작에는 실수가 없었다. 성만의 동작을 지켜보던 김 씨가 말했다.

"어이, 잘하는데. 힘도 좋고."

오십대 김 씨가 크게 칭찬했다.

"시멘트 포 뜯는 것도 잘하는구먼. 눈썰미가 있어. 그게 잘 안 뜯기는데."

같이 시멘트 일을 담당하는 양 씨도 맞장구쳤다.

두꺼운 종이 포대인 시멘트 포는 굵은 실로 주둥이를 박음질해 두었다. 그것도 속 포대와 바깥 포대로 두 겹이었다. 박음질한 실의 끝부분 실마리를 잘 풀어서 잡아당기면 드드득 소리를 내면서 좌르륵 풀리게 된다. 만약 실마리를 잘못 풀게 되면 박음질한 실이 서로 엉켜서 칼로 자르지 않는 한 풀 수가 없게 된다. 칼로 자르자면 시간도 많이 들고 힘도 든다.

"시멘트 일 해도 되겠어."

양 씨와 김 씨가 성만이를 추켜세웠고 곁에서 지켜보던 십장도 고개를 끄덕였다. 그날부터 성만은 모래 삽질을 하다가, 시멘트 포를 뜯다가 번갈아 가면서 일을 했다.

이월 말이 되었다. 정탁이 졸업식에 간다고 하루 일을 나오지 않아서 성만은 혼자 일을 하러 갔다. 그날 밤에 정탁의 졸업식 축하 잔치가 열렸다. 축하 잔치는 주인공 이정탁과 축하해 주는 사람 고성만, 이렇게 둘만의 조촐한 잔치로 시작되었는데, 나중에 성우가 밤늦게 찾아와서 잔치가 갑자기 성대해졌다. 성우는 집에 다니러 온 길에 우연히 참석하게 되었다.

"난 서울로 갈 거야. 결심했어."

정탁이 말했다. 정탁의 말을 듣는 순간, 성만은 가슴속에서 뭔가가 쿵 하고 넘어지는 소리를 들었다. 부러움과 질투와 아쉬움과……, 뭔가 꼭 집어 말할 수 없는 복잡한 감정이 마구 뒤섞여서 성만의 머리를 어지럽혔다.

"형이나 형수한테 미안하지만, 가야겠어. 미안한 건 잠깐이고 앞으로 살날은 길다고."

정탁의 얼굴에는 단단한 결심이 어려 있었다. 철암에 있는 형이 돈을 잘 버니까, 서울에 방을 얻어 주고 대학 입시 학원도 다니게 해 준다고 한 모양이었다.

"그래, 잘 생각했어. 시골구석에 파묻혀 뭘 할 거야. 축하한다."

성우가 정탁을 축하해 주다가 성만을 보고 겸연쩍어했다.

"뭐 시골구석이 나쁘다는 게 아니라, 대학을 갈 수 있으면 가는 게 낫다 이거지……."

변명투로 말하는 성우의 어깨를 툭 치며, 성만이 말했다.

"됐어 인마. 정탁아, 잘 생각했다. 공부 열심히 해라. 삼수생 되지 말고."

셋은 밤이 새도록 술을 마셨다. 노래를 부르다가, 강둑까지 뛰어갔다가, 산꼭대기도 올라갔다 내려오며 고함치고 발광을 하며 놀았다. 겨울의 차가운 공기는 셋이 뿜어 대는 더운 숨에 함께 달아올랐다.

다음 날 성우는 직업훈련원으로 돌아가고, 하루 뒤에 정탁은 서울로 떠났다.

성만은 악착같이 일에 매달렸다. 시멘트 포를 뜯는 일은 우스웠다. 곧 호스를 삽고 물 조절도 할 수 있게 되었고, 가끔 운전대 잡은 놈 노릇도 해 보았다. 열 개를 찍으면 반은 부서진 벽돌을 만들었지만 반은 제대로 찍어 냈다. 그걸 보고 시멘트 포를 뜯는 김 씨가 혀를 내둘렀다.

"햐, 그 녀석. 일 참 잘하네."

양 씨도 껴들었다.

"그러게 말이야. 운전대를 잡으려면 보통 일 년은 기본인데 말이야. 아직 보름도 안 되었지 아마?"

지켜보던 십장이 기술자인 진대에게 말했다.

"어이, 진대. 운전대 가끔 넘겨주라고. 벽돌 몇 개 부서지면 어때. 기술 좀 배우게 해 주라고. 아주 머리가 잘 돌아가는 애구먼."

"……."

진대는 대답이 없었다. 그러나 성만이, "제가 좀 해 봐도 돼요?" 하고 물으면 언제든지 운전대를 내주었다. 성만은 말이 없는 진대가 몹시 어려웠다. 진대는 다른 사람들처럼 술도 많이 먹지 않았다. 누가 우스갯소리를 해도 간간이 미소만 지을 뿐, 활짝 웃는 낯을 볼 수 없는 그런 사람이었다.

삼월도 중순으로 접어드는 때였다. 둑 공사도 끝나 가고 있었다. 성만은 진대에 버금가는 기술자가 되었다. 열 개를 찍으면 가끔 한 개 정도 부서질 뿐이었다. 성만은 기분이 좋았다. 빨리 기술을 익혔을 뿐 아니라, 십장이 자주 이런 말을 했기 때문이다.

"성만아, 여기 일 끝나면 날 따라가자. 저기 구미에 또 큰 공사가 있다. 날 따라다니면서 기술도 익히고, 일만 열심히 하면 너, 큰돈도 벌 수 있다. 잘 생각해 봐라."

십장은 성만을 눈에 띄게 아꼈다. 성만도 그런 십장이 좋아서 십장의 말대로 할까 말까 망설였다. 그리고 더욱 열심히 운전대 부리는 기술을 익혔다. 성만이 운전대를 잡으면 진대가 물 호스를 잡기도 하고, 시멘트 포를 뜯기도 했다. 그걸 보고 김 씨가 말했다.

"어이, 진대. 잘하면 운전대 뺏기겠어?"

그러자 진대가 픽 웃으며 대답했다.

"그까짓 것, 그게 뭐 기술이라고."

성만은 깜짝 놀랐다.

'그까짓 것이라니…….'

정말 오랜만에 들어 보는 진대의 말. 아니 처음 들어 보는 것 같은 진대의 입에서 나온 말. '그까짓 것'. 성만은 힘들게 쌓은 돌탑이 와르르 무너지는 듯한 감정을 맛보았다. "그게 뭐 기술이라고." 성만이 한껏 꿈에 부풀어 있는데, 거기에 찬물을 끼얹는 말이었다. 성만이 멍하니 서서 진대를 바라보는데, 진대는 힐끔 성만을 쳐다보고는 다른 데로 가 버렸다.

삼월 말이 되었다. 이제 며칠만 더 하면 일이 완전히 마무리된다. 십장은 성만에게 빨리 결정하라고 재촉했다. 성만은 쉽게 결정을 내리지 못했다. 아버지나 어머니에게는 말도 못 하고 끙끙거렸다. 의논할 사람이 그 누구도 없었다. 혼자서 이리저리 궁리를 했다.

'십장을 따라간다면?'

어떻게 될지 알 수 없었다.

'십장의 말대로 정말 돈을 많이 벌게 될까? 돈을 많이 번다면 뭘 하지? 부모님한테 우선 땅을 사 드리고……. 논은 겨우 한 마지기뿐이고 밭도 서너 마지기가 다인 가난한 아버지, 해마다 남의 땅을 부쳐 먹는 신세. 아버지가 남 보란 듯이 넓은 내 땅에 쟁기질하는 걸 봤으면…….'

성만은 그런 생각을 하자 슬며시 웃음이 나왔다.

'그리고 더 돈을 많이 벌면? 나도 공부를 해서 대학이나 갈까? 대학 가서 언젠가 기차역 마당에서 봤던 것처럼, 여대생들과 여

행도 간다면 좋겠지.'

그런 생각을 하자 성만은 가슴이 뛰었다. 그러자면 반드시 돈이 필요했다.

'그래, 돈을 벌어야지. 그렇다면 십장을 따라 한두 해 고생을 해 볼까? 하지만 내가 가면 늙은 아버지는? 지난해에 아버지가 얼마나 좋아하셨던가. 내가 힘든 일을 다 하니까, 아버지가 자주 웃었지. 아버지 대신 농사를 짓는 게 낫지 않을까? 그러나 농사가 희망이 있는 건가? 성우는 "시골구석에 파묻혀 뭘 할 거야."라고 하고 필성이 형도 "촌구석에서 썩기 싫다."고 했는데. 정말 나는 이렇게 시골구석에서 썩어도 되는 것일까?'

성만은 마음의 갈피를 잡을 수 없었다. 그러나 조금씩 십장을 따라가는 쪽으로 마음이 기울고 있었다.

일의 마무리를 앞두고 비가 내렸다. 봄비치고는 꽤 끈질기게 내렸다. 추적추적 내리다가 좍좍 내리기도 하면서 사흘을 보냈다. 일을 빨리 마무리하고 떠나야 하는데, 그러지를 못해 십장은 짜증을 부렸다. 비가 내리면 일이 없어 현장에 안 가도 되지만 성만은 그들의 숙소에 찾아갔다. 십장이 부르기도 했지만, 성만으로서도 마음을 어떻게든 결정해야 했다. 그래서 십장뿐 아니라, 다른 사람들과도 속을 터놓고 이야기를 나누고 싶었다.

숙소에서는 아침부터 술판을 벌이고 있었다. 술판에 곁들여 노름판까지 벌어져 있었다. 사람들의 벌게진 눈이나 하는 행동을 봐서는, 아마 지난밤부터 죽 이어진 듯했다. 어디서 왔는지 입술을 새빨갛게 칠한 여자들도 셋이나 있었다. 여자들 가운데 한 명이 성만이 들어서는 걸 보고 담배 연기를 확 내뿜으며 말했다.

"어머, 웬 총각이래? 완전 새것 같아."

그러자 다른 두 여자도 성만을 보고 깔깔 웃었다. 성만은 여자가 한 말이 무슨 뜻인지 몰랐으나 괜히 부끄러운 생각이 들어 여자들을 바로 보지 못하고 눈길을 피했다. 그때 십장이 한마디 내뱉었다.

"거 함부로 말하지 마. 걔가 어려도 기술자야."

"어머머 그래요? 이야, 대단하다. 동생, 잘 부탁해."

여자가 간드러지게 말했다.

십장은 빨간 토끼 눈을 하고 성만에게, "잠깐 거기 앉아서 기다려." 하고는 진대를 돌아보며 말했다.

"어이, 진대. 성만이랑 술 한잔하라고."

진대는 노름판에 끼지 않고 이불을 쌓아 놓은 한구석에 비스듬히 누워서 담배를 피우고 있었다. 십장의 말에 진대는 대답이 없었다. 성만이 진대 옆으로 가서 우물우물 물었다.

"한잔 드릴까요?"

진대가 성만을 빤히 올려다보았다. 성만은 얼른 막걸리 통과 대접과 돼지고기 안주를 챙겨서 진대 옆에 앉았다. 대접을 진대에게 내밀었다.

"한잔 받으세요."

"난 실컷 먹었어. 너나 먹어라."

진대는 벌떡 일어서서 방문을 열고 나가 버렸다. 성만은 갑작스러운 진대의 태도에 얼떨떨했다. 뭔가 무시를 당한 것 같기도 하여 슬며시 화가 치밀기도 했다. 그 꼴을 보고 김 씨가 한마디 했다.

"거참, 사람 무안하게. 기술자 자리 뺏길까 봐 질투하나 보다."

"성만아, 이리 와라. 내가 한잔 줄게."

양 씨가 성만에게 술을 따라 주었다. 성만은 사람들 곁에 앉아서 화투를 구경했다. 화투판에는 사내들의 욕지거리와 여자들의 깔깔거리는 웃음소리가 뒤섞였다. 천 원짜리와 만 원짜리가 이리저리 돌아다녔다. 술 냄새와 담배 냄새가 방 안에 가득 찼다. 성만은 막걸리를 벌컥벌컥 들이켰다. 단숨에 다섯 대접을 마셨더니 술기운이 확 올랐다. 성만은 오줌이 마려워 바깥으로 나갔다.

비는 여전히 내리고 있었다. 봄비치고는 꽤 굵어 빗줄기가 보일 정도였다. 온 세상이 축축한 느낌이었다. 성만은 집 뒤로 돌아가 산에 대고 오줌을 누었다. 성만의 머리와 어깨에는 빗줄기가 떨어지고, 땅의 나뭇가지에는 성만의 오줌 줄기가 떨어졌다. 부르르 몸을 떨고는 바지춤을 추슬렀다. 술기운으로 몸이 더워진 성만이 얼굴을 젖히고 빗물을 입으로 받아먹는데, 뒤에서 목소리가 들렸다.

"야, 아직 춥다. 감기 들어."

진대였다. 진대가 조그마한 툇마루에 앉아서 말하고 있었다. 성만은 어색하게 웃으면서 진대 옆에 가서 앉았다. 진대는 처마에서 떨어지는 물이 파 놓은 마당의 구멍을 가만히 내려다보고 있었다. 성만도 진대의 눈길을 따라 낙숫물을 보았다. 마당에 구멍을 낸 물이 길을 내면서 구불구불 흘러갔다.

"너도 내가 질투한다고 생각하니?"

"무슨……?"

"네가 내 자리를 뺏을까 봐 말이야."

"그건……."

성만은 그렇다고도 아니라고도 대답할 수 없었다. 진대의 행동을 보면 꼭 질투하는 것처럼 느껴질 때가 없는 것도 아니었다. 십장이 성만을 너무 감싸고돌았기 때문에 충분히 그럴 만도 하다고 여겼다. 진대가 피식 웃었다.

"성만아, 나는 십 년 됐다."

"뭐가요?"

"이 일을 한 지 말이다. 그런데 손에 남은 게 없다. 빈털터리야. 열흘 일하고 이틀 비 오면 다 까먹는다. 술로 까먹고, 노름으로 까먹고, 여자로 까먹고……."

"……."

"너, 잘 생각해라. 내가 참견할 일은 아니다만. 십장 말처럼 돈을 많이 벌 수도 있겠지. 꿈이야 누구든 꾸니까."

"저, 아저씨. 저 아직 결정을 못 했거든요. 공사판에 따라갈지 말지. 어떡하면 좋을까요?"

진대가 하늘을 쳐다보며 잠시 뜸을 들이다가 대답했다.

"넌 머리가 좋으니까, 내 말이 무슨 뜻인지 알 테지. 네 앞길은 네가 찾아야지."

진대는 일어서서 방으로 들어갔다. 성만은 진대를 따라 방으로 들어가지 않았다. 하염없이 내리는 빗줄기를 바라보았다. 아득했다. 비안개가 들판과 산을 가득 메웠다. 온통 회색으로 세상이 덮였다. 성만은 자신이 여러 날 잠을 설치며 꿈꿔 왔던 뭔가가 다 부서져 나가는 것 같았다.

다음 날, 성만은 서울에서 온 편지를 한 통 받았다. 사촌 정탁이 보낸 것이었다. 나이는 동갑이지만, 정탁은 성만의 생일이 석 달 빠르다고 편지 같은 데서는 꼭꼭 형이라고 불렀다. 형은 형인데 월형(月兄)이라고 했다.

월형, 오랜만이야. 서울 온 지도 한 달이 되어 가네. 월형은 뭐 해? 여전히 둑 공사하고 있어? 아직 농사철은 아니지? 난 조금씩 적응이 되고 있어. 공부는 생각보다 쉽지가 않군. 그래서 하는 말인데, 월형도 공부 다시 해 볼 생각 없어? 학교 다닐 때 수재 소리까지 듣던 사람이잖아. 그냥 썩히긴 아깝지…….

편지를 읽고 또 읽었다. 공부를 다시 할 생각이라면 서울에 와서 같이 지내자고, 정탁은 간곡하게 써 놓았다. 두 장이나 되는 편지에는 낯설고 큰 도시에서 혼자 자취를 하는 쓸쓸함이 진하게 배어 있었다. 성만은 대구에서 보낸 일 년 반의 자취 생활이 떠올랐다. 그 막막하고 서럽고 지겹던 생활. 정탁은 아마도 한 달을 겪어 내기가 무척 힘들었으리라. 성만은 당장이라도 서울의 정탁에게 가고 싶었다. 공부를 떠나서, 정탁의 외로움을 달래 주면서 함께 있어 주고 싶은 마음이었다.

며칠 뒤, 벽돌 찍던 사람들은 어디론가 떠났다. 십장도 진대도 김 씨도 양 씨도 모두 떠났다. 성만은 그들이 떠날 때 일부러 찾아보지 않았다. 둑 공사는 끝났고 사람들이 묵던 숙소는 텅텅 비었다. 성만은 몇 달 동안 힘들여 쌓은 둑길을 걸었다. 강물은 유유히 흐르고 산에 들에 풀빛이 파릇파릇한 사월이었다.

4 아버지

마당에 사월의 햇살이 부서져 내렸다. 아버지는 양지바른 곳에 앉아 낫으로 도끼 자루를 다듬고 있었다. 성만은 주춤주춤 아버지에게 다가갔다. 조심했으나 성만의 몸이 해를 가려 아버지에게 그늘을 지웠다. 아버지가 성만을 올려다보았다. 성만은 아버지의 눈을 마주 보지 못하고 낫질하는 손만 보았다. 아버지는 성만이 지우는 그늘을 피해 조금 옆으로 옮겨 앉았다. 성만은 아버지 앞에 쪼그려 앉았다.

"아버지."

"와?"

성만은 아버지를 불러 놓고 뒷말을 잇지 못했다. 아버지가 다시 성만을 바라보았다. 성만이 어색한 웃음을 웃으며 가만히 있자, 아버지가 물었다.

"와 불러 놓고 말이 없노?"

"저……, 아버지."

성만이 뒷머리를 긁적였다.

"오냐, 말해라."

아버지가 부드러운 얼굴로 성만을 보았다. 성만은 그제야 용기를 냈다.

"저……, 아버지. 다시 공부를 하겠습니다."

"공부? 무신 공부? 니 학교 치운 거 아이가? 또 갈 수 있나?"

"학교가 아니고, 집에서 공부하려고요. 검정고시를 보고, 대학에도 가겠습니다."

"검정고시?"

성만은 검정고시에 대해 설명했다. 아버지는 성만의 설명을 가만히 듣고 있었다. 고졸 자격 검정고시에 합격하면 대학교 입학시험을 볼 수 있다는 것, 검정고시는 팔월에 있으므로 지금부터 부지런히 공부하면 충분히 합격할 자신이 있다는 것, 검정고시에 합격하면 서울에 있는 정탁에게 가서 함께 대학 입시 공부를 하겠다는 것, 정탁이 그러자고 편지를 보내왔다는 것, 그래서 지금부터는 들일을 안 하고 공부만 하겠다는 등의 말을 성만은 죽 늘어놓았다. 긴 이야기를 듣는 동안 아버지는 여러 번 기침을 했다.

때론 낫이 헛나가 도끼 자루를 깎지 못하고 허공을 칠 때도 있었다. 낫질에 귀신같다는 성만의 아버지가 좀체 보이지 않는 실수였다. 성만의 말이 끝나자, 아버지가 헛기침을 큼큼 두어 번 하더니 말했다.

"니, 정말 자신 있나?"

성만은 가슴이 찌르르했다.

'이 무슨 짓인가? 늙은 아버지를 앞에 두고 뭐 하는 짓인가?'

성만은 괴로웠다.

'지난해 힘든 일을 내가 대신할 때 아버지가 얼마나 좋아하셨던가. 그 아버지의 행복을 이렇게 빼앗다니.'

그러나 성만은 이를 악물었다.

"예, 자신 있습니다."

"그럼 해 봐라."

짤막하게 말하고, 아버지는 일어서서 지게를 지고 뒷산으로 올라갔다. 한 번도 뒤를 돌아보지 않고 터벅터벅 산을 올라갔다. 구부정한 아버지의 뒷모습을 보면서 성만은 주먹을 꽉 쥐었다.

다음 날부터 성만은 공부에 몰두했다. 우편으로 검정고시 대비용 전 과목 수험서를 신청해 놓고, 우선 갖고 있던 교과서로 공부를 시작했다. 그런데 집에서는 공부에 집중하기가 어려웠다. 어머니가 일을 잘 안 시키기는 했으나, 급한 일이 있으면 불러서 심부름을 시키기도 했다. 또 어린 막내 동생이 자꾸 달라붙어서 공부에 방해가 심했다. 그러나 무엇보다 공부에 집중할 수 없게 만드는 건 아버지였다. 아버지는 약속한 대로 성만에게 단 한 가지 일도 시키지 않았으나 아버지의 발자국 소리, 힘겨운 숨소리, 헛기침 소리…… 그 모든 것이 성만의 마음을 아프게 했다.

성만은 장소를 옮겼다. 성만네 집에서 두 집 건너에 빈집이 하나 있었다. 그 빈집 골방에 헌 책상 하나와 라디오를 들고 가서 공부방을 꾸몄다. 벽지도 뜯어지고 장판도 없었으나 성만의 공부를 방해하는 소음은 없었다. 창호지 문의 종이는 떨어져 나가서 오히려 좋았다. 전등을 켜지 않아도 밝은 빛이 들어왔기 때문이다. 성만은 밥 먹을 때만 집에 갔다.

시험공부를 할 수 있는 나름대로의 조건이 갖추어졌으나 공부는 생각보다 쉽지 않았다. 두 해 가까이 전혀 책을 보지 않던 성만으로서는 모든 게 낯설었다. 쉬운 영어 단어도 뜻이 알쏭달쏭했고, 너무나 쉽게 풀었던 수학 문제도 통 공식이 생각나지 않았다. 검정고시에 합격하려면 전 과목 평균 60점이 넘어야 하고, 40점 미만의 과목이 없어야 했다. 우편으로 받은 수험 문제지에서 모의고사를 보았다. 평균 42점. 그나마 국어와 국사를 제외하곤 모두 60점 이하였다. 더구나 선택인 농업 과목은 10점을 겨우 넘겼다. 농촌에 살면서 한 해 동안 실제로 농사를 지은 성만으로서는 기절할 만한 점수였다. 그럴 만도 했다. '다음 중 열매 맺는 버릇이 다른 한 가지는?' 하는 문제에다가 보기로 여러 가지 과

일나무를 죽 들어 놓았으니 성만이 맞힐 턱이 없었다. 아마 이런 문제는 평생 농사를 지어 온 농부도 맞힐 수가 없을 것이다.

어쨌든 성만으로서는 기가 막힌 일이었다. 한두 과목도 아니고 열 과목이 넘는 공부를 해야 했으니, 성만은 앞이 막막했다. 책을 펴 놓고 앉았으나 나오느니 한숨이요, 드느니 잡생각이었다. 성만은 라디오를 틀었다. 노래가 흘러나왔다.

이 풍진 세상을 만났으니 / 너의 희망이 무엇이냐

인생은 나그네 길 / 어디서 왔다가 / 어디로 가느냐

성만은 노래를 따라 불렀다. 어떤 날은 하루 내내 라디오 채널이나 돌리면서 시간을 보냈다. 어떤 날은 정신을 차리기 위해 강까지 달리기를 했다. 숨이 턱에 차오르도록 달리고 또 달렸다. 그런 날은 오히려 녹초가 되어서 책을 보지 못했다.

성만이 헤매고 있던 바로 그 즈음, 면 소재지에 사는 중학교 동창 정수가 찾아왔다. 중학교 때는 성만보다 늘 몇 등 뒤처졌지만, 상주에서 고등학교를 졸업하고 대구에 있는 대학을 갔다고 자랑하던 녀석이었다. 정수는 중학교 때 성만에게 "너는 공부하는 것 같지도 않은데 어째 시험만 보면 점수가 잘 나오냐?" 하고 말하곤 했다. 날마다 놀면서 일등 하는 성만을 보고 정수는 늘 '참으로 신기한 놈' 이라고 불렀다. 그런데 지금, 정수는 대학생이고 성만은 겨우 고등학교 졸업 자격을 따려고 몸부림치는 신세가 되어 있었다.

성만은 정수를 따라 면 소재지로 가서 만취가 되도록 술을 먹었다. "검정고시 준비는 잘되나?" 물으면서 희미하게 비웃음을 날리던 정수. 그 얼굴에 한 방 먹이는 대신 성만은 넘치도록 술을 퍼마시고 아구아구 돼지고기를 씹어 댔다. 그리고 한밤중에 비틀걸음으로 나무 잔가지에 긁히면서 산길을 걸어 집으로 돌아왔다. 성만은 어머니나 아버지 몰래 조용히 안개처럼 스며들어서 잠을 잤다. 안방에서 한참 돌아간 산 쪽으로 방문이 나 있는 곳이 성만의 방이었으므로, 완전범죄가 가능했다. 그날 성만은 수진도 만났다. 중학교 동창인 수진은 면사무소 옆에 있는 농협 연쇄점에서 일을 하고 있었다. 중학교 다닐 때, 성만이 마음속으로 좋아했던 수진이었다. 좋아하는 마음을 제대로 전달 한번 못 해 보고, 괜히 짓궂게 괴롭히기만 했던 수진이.

며칠이 지났지만, 완전히 처녀가 되어 있는 수진의 얼굴이 영 지워지지 않고 자꾸만 생각났다. 특히 수줍게 웃을 때 한쪽에만 패던 볼우물이 자꾸만 보고 싶었다. 국어책을 펴도 수진이 얼굴, 수학책을 펴도 수진이 얼굴, 사회책도 과학책도 다 수진이 얼굴, 미술책은 아예 수진이 얼굴로 도배가 되어 있었다. 성만은 할 수 없이 편지를 썼다.

수진아, 나다. 요번 일요일에 너 놀지? 그날 시간 좀 내주라. 상주에 가서 영화 보여 줄게. 이 편지 받으면 얼른 답장해 주길 바란다. 하루를 백날같이 기다릴게. 성만 씀.

편지를 곱게 접어서 학교 가는 막내 편에 보냈다. 풀로 잔뜩 붙여 놓고도 "너, 뜯어보면 죽는다. 알았지?" 하고 으름장을 놓았다. 하지만 답장은 없었다.

성만은 수진에게 또 편지를 보냈다. 날마다 보냈다. 안 가겠다고 떼쓰는 막내를 협박도 하고, 달래기도 하면서 보냈다. 지성이면 감천이라고 드디어 답장이 왔다. 다섯 번째 편지를 갖고 간 막내가 답장을 받아 온 것이다. 성만은 가슴이 두근거리고 숨이 가빴다. 약간 떨리는 손으로 봉투를 뜯고 내용을 보았다. 동창인데도 아주 착착 높임말을 붙이고 있었다.

편지는 잘 받았어요. 이제 동생 좀 그만 고생시켜요. 그쪽 동생이 고생하는 게 안돼서, 내가 마음먹었어요. 일요일에 안 쉬고 월요일에 쉬니까, 상주는 그때 가요.

성만은 속으로 "야호!" 소리를 질렀다. 성만은 그날부터 사랑타령이 나오는 유행가만 들으며 하루하루를 보냈다.

성만에게는 둑 공사 다니면서 악착같이 벌어서 저축해 두었던 이십만 원이 넘는 돈이 있었다. 피와 같은 그 돈. 검정고시를 보고 서울 가서 대학 입시를 준비할 때 쓰려고 깊숙이 숨겨 둔 그 돈을, 성만은 수진을 위해 쓰기 시작했다. 영화 보고 밥 사 먹고, 수진이 머리띠 사 주느라 어느새 이만 원이 넘는 돈을 써 버렸다. 그러나 성만은 아까운 줄을 몰랐다. 거의 날마다 수진을 만나러 갔다. 어머니와 아버지가 일을 나간 뒤에 조용히 산을 넘어서 연쇄점에 가 수진과 노닥거리다가 돌아오곤 했다. 공부는 계획대로 된 게 하나도 없었다. 원래 계획대로 하자면 이미 수학과 영어 과목은 공부가 끝나 있어야 했다. 그러나 한 단원도 끝내지 못한 상태였다. 한 번도 들여다보지 않은 과목도 많았다.

그렇게 시간이 흘렀다. 사월도 끝나 가고 있었다. 논일 밭일이 눈코 뜰 새 없이 시작되었다. 성만은 힘들게 일하는 어머니와 아버지를 보면서 죄책감을 느꼈다. 그래서 마음먹었다.

'그래, 때려치우자. 되지도 않는 공부를 붙들고 있어 뭐 하나. 때려치우고, 수진이랑 결혼해서 농사짓고 살자. 그럼 아버지도 좋아하시겠지.'

이렇게 생각을 하자 마음이 아주 편안해졌다. 자기 말을 듣고 좋아할 아버지의 얼굴이 눈앞에 선했다. 성만은 책상을 주먹으로 쾅 내려치고 분연히 일어섰다.

아버지는 소 등에 달구지를 매기 위한 안장을 광에서 꺼내고 있었다. 어머니는 달구지에 싣고 갈 괭이며 호미며 낫 같은 것들을 내놓고 있었다. 마당으로 들어서는 성만을 보고 어머니가 말했다.

"그새 오나? 아침밥 먹은 지 얼매나 됐다꼬. 아직 점심 멀었대이."

"밥 먹으러 온 게 아니고……."

성만은 아버지에게 다가갔다. 아버지는 소 등에 안장을 얹는 게 힘에 겨운지 거친 숨소리를 내뱉었다. 환갑이 내일모레인 아버지의 야윈 어깨가 눈에 확 들어왔다. 성만이 얼른 안장을 들어 소 등에 올렸다. 안장을 빼앗긴 두 손을 허전하게 펴 들고 아버지는 성만을 물끄러미 바라보았다. 성만은 마음을 다지고 말했다.

"저, 아버지."

"와?"

성만은 침을 꿀꺽 삼켰다. 아무래도 좀 쑥스럽다는 생각이 들었다. 그 모질게 먹은 결심을 한 달 만에 스스로 깬다는 게 자존심도 상하는 일이었다. 그러나 힘든 아버지를 위하는 일이라는 걸로 스스로 위로했다.

"아버지, 저 공부 그만하겠습니다."

"뭐?"

아버지가 눈을 둥그렇게 뜨고 성만을 보았다. 아버지의 숱 많은 눈썹이 꿈틀했다.

"공부 그만하고, 농사짓겠습니다."

아버지가 대답하기 전에 어머니가 재빨리 나섰다.

"그래, 공부해 보이 어렵더나? 하기 싫으면 고마 치아라. 니 아부지 연사도 많고, 뭐 니가 농사를 지면 좋지."

어머니는 대환영이었다. 성만은 어머니의 말을 들으며 잘 결정한 일이란 걸 다시 깨달았다. 아버지는 소 목에 팔을 얹고 가만히 있었다. 성만은 아버지의 말을 기다렸으나 아버지는 잠깐 동안 말이 없었다. 성만도 어머니도 아주 잠깐이지만 꽤 지루하다는 생각이 들었다. 어머니가 아버지의 대답을 재촉했다.

"보소, 야가 공부 그만두겠답니더. 들었지요? 와 말이 없니껴?"

낌새가 이상했다. 아버지 얼굴에 기쁜 표정이 나타나지 않았다. 이건 성만의 예상 밖이었다. 아니나 다를까, 아버지가 툭 뱉듯이 말했다.

"그래 가주 어따 쓸래. 사내가 한번 마음묵었으마 끝까지 해 봐야제. 시험도 안 보고 고마해?"

성만은 몽둥이로 뒤통수를 세게 얻어맞은 것 같았다. 멍했다. 틀림없이 좋아할 거라고 믿었던 아버지가 전혀 뜻밖의 말을 하고 있었다. "그래 가주 어따 쓸래." 부끄러움이 온몸으로 느껴졌다. 아버지의 이 한마디는 회초리가 되어 성만을 후려치고 있었다. 자식이 원하는 것을 하도록 해 주려고 농사일이 힘들어도 묵묵히 참아 온 아버지. 어머니는 가끔 일을 시키기도 했지만, 아버지는 성만이 공부를 하겠다고 한 뒤로 단 한 가지 일도 시키지 않았다. 그건 분명 성만에 대한 믿음이자 사랑이었다. 그 믿음과 사랑을 배신한 성만에게 아버지는 당연히 할 수 있는 꾸지람을 하고 있었다. 그런 생각이 들자 성만은 콧잔등이 시큰하고, 눈물이 핑 돌았다.

"아버지……."

아버지는 "이랴, 쩟쩟!" 하고 소를 몰아 마당을 나갔다. 한 번도 성만을 돌아보지 않았다. 어머니가 말뚝처럼 선 성만에게 한마디 했다.

"니 아부지가 와 저러노? 날마둥 일이 힘들어 죽겠다면서. 저 냥반 속은 알다가도 모리겠다."

어머니도 그 말을 남기고 아버지 달구지를 따라 들로 나갔다. 마당에 홀로 남은 성만의 얼굴을 눈부신 아침 햇살이 비추었다. 아버지가 타고 가는 달구지 꼬리가 고샅길 너머로 사라지는 걸 보고 성만은 공부방으로 돌아갔다. 그리고 편지를 썼다.

수진아, 당분간 만날 수 없겠다. 내가 꼭 해야 할 일이 있다. 검정고시 합격하고, 대학에 가야 한다. 나 대학 들어간 뒤에 우리 다시 만나자. 그때까지 너 마음 변하면 안 된다. 성만 씀.

성만은 수진에게 보내는 편지를 봉투에 넣고 풀칠을 한 다음 또 한 통의 편지를 썼다.

정탁아, 잘 지내지? 내가 서울로 가야겠다. 괜찮겠어? 집에선 공부가 잘 안돼. 너하고 같이 공부를 하면 잘될 것 같아. 나는 하루라도 빨리 갔으면 좋겠다. 답장 기다린다. 성만 씀.

막내는 수진의 답장을 바로 받아 왔다. 편지에서 부탁한 대로 하겠다고, 보고 싶겠지만 참겠다고, 마음은 절대로 안 변할 거라고, 하지만 편지는 자주 해 달라는 그런 내용이었다. 그리고 정탁에게서도 곧 답장이 왔다. 빨리 오라고, 제발 좀 빨리 오라는 그런 내용이었다.

서울특별시 공덕동

성만이 서울역 개찰구를 빠져나가면서 두리번거리는데, “성만아!” 부르는 소리가 들렸다. 정탁이 사람들 속에서 손을 번쩍 들고 환하게 웃고 있었다.

“어? 쫙 빼입었네?”

정탁이 성만의 아래위를 훑어보며 한마디 했다. 서울 간다고 어머니가 장만해 준 옷이었다. 하늘색 바지와 역시 하늘색 잠바. 누가 봐도 금방 상표를 뗀 옷으로 보였다. 성만은 새 옷이 버석거려 영 불편했으나, 어머니의 성의를 무시할 수는 없었다.

“빨리 가서 갈아입어야겠다. 너 사는 집은 머냐?”

“안 멀어. 버스 한 번만 타면 돼. 공덕동이야.”

성만은 서울역 앞이 낯익은 곳이었으나 정탁에게 말하지 않았다. 예전에 갔던 해장국집은 눈길도 주지 않고 지나쳤다.

버스를 타고 마포경찰서 앞에서 내렸다. 큰길에서 골목길로 들어선 뒤 야트막한 언덕배기를 올라갔다. 조금 더 들어가자 서울 같지 않게 한옥집이 많았다.

"여긴 꼭 시골 같다. 양옥은 별로 없네?"

"그래서 방값이 싸."

정탁이 대답했다. 그리고 손가락으로 가리켰다.

"저기야. 지 파란 대문 집."

쌍둥이 같은 기와집이 줄지어 서 있었다. 정탁이 가리킨 집은 꽤 커 보였다. 마당에서 골목으로 삐져나온 큰 나뭇가지도 보였다.

"집 좋은데?"

성만은 뜻밖이라는 듯 눈을 크게 뜨고 연방 "이야!" "이야!" 소리를 냈다. 하지만 정탁은 집이 가까워질수록 약간 불안한 얼굴을 하더니 성만에게 말했다.

"집주인 아저씨가 좀 깐깐해. 시골에서 사촌이 온다고 말했더니 싫은 표정을 짓더라고. 인사 잘해야 돼."

정탁이 먼저 대문을 밀고 들어섰고, 성만은 뒤를 따라 마당으로 들어섰다. 바깥에서 본 것과 달리 마당은 몹시 좁았다. 두 사람이 들어서자 가득 찰 정도였다. 대문 맞은편에 긴 유리문을 단

안채가 있었다. 안채 옆 오른쪽으로 길게 행랑방이 몇 개 있었고, 그 맞은편에도 방이 두 개 더 있었다.

"아저씨."

정탁이 안채 유리문에 대고 불렀다. 유리문이 드르륵 열리고 사람이 나타났다. 대머리가 홀떡 벗어진 오십대 남자였다. 배는 불룩 나오고 키는 처마에 닿을 듯이 껑충했다.

"어, 정탁이 학생."

주인 남자는 정탁보다는 성만에게 눈길을 주었다. 정탁이 얼른 성만을 소개했다.

"제 사촌입니다. 어제 말씀드린……."

"그래?"

"안녕하십니까? 고성만이라고 합니다. 잘 부탁드립니다."

성만은 쾌활하게 큰 소리로 말했다. 그리고 허리를 깊숙이 숙였다. 주인 남자는 인사를 받는 둥 마는 둥 엉거주춤하게 고개를 끄덕이더니 성만의 아래위를 샅샅이 훑어보았다. 옷 입은 모양이며, 메고 있는 큰 가방, 얼굴의 생김새까지 꼼꼼히 살폈다. 그러더니 노골적으로 싫은 표정을 지었다. 주인 남자는 돌아서서 유리문 안으로 들어가며 말했다.

"정탁이 학생은 나 좀 보자고."

성만은 몹시 불쾌했다. 인사도 제대로 받지 않고, 싫은 표정을 짓는 것하며, 자기에게는 한마디도 없이 정탁을 보자고 하는 것

역시 기분 나빴다. 사람을 앞에 세워 놓고 무시하는 것 같았다. 정탁도 좀 불쾌한 얼굴로 성만에게 말했다.

"따라와."

정탁이 앞서서 걸었고 성만은 뒤를 따랐다. 행랑채의 맨 끝에 있는 문을 열었다. 조그마한 부엌과 방문 하나가 보였다.

"들어와."

정탁이 방문을 열고 들어갔다. 방은 말끔하게 잘 정돈되어 있었다.

"사식, 하여간 깔끔하다니까."

성만이 킬킬 웃으면서 칭찬을 했지만, 정탁은 웃지도 않고 말했다.

"가방 놓고 좀 쉬고 있어. 주인아저씨 만나고 올게."

성만은 방을 둘러보았다. 좀 좁긴 했으나 둘이 살기에는 충분해 보였다. 가구라고는 작은 책상 하나, 빨랫대 겸용 옷걸이 하나가 다였다. 책상이 놓인 벽 쪽으로 창문이 달려 있었다. 성만은 창문을 열고 밖을 내다보았다. 골목길이었다. 집들이 사열받는 병사들처럼 묵묵히 줄지어 서 있었다.

'집이 참 많기도 하다. 나도 언젠간 저 집들 가운데 하나를 갖고 살아야지.'

성만이 그런 생각을 하면서 밖을 보고 있는데, 정탁이 왔다.

정탁의 얼굴이 심상치 않았다. 잔뜩 울상을 짓고 있었다. 성만이 놀라서 물었다.

"왜 그래? 아저씨가 뭐라 그래?"

"에이, 정말. 안 된대."

"뭐가?"

"성만이 너, 여기 살지 말래."

정탁이 한숨을 푹 쉬었다. 성만도 처음 주인 남자를 봤을 때 뭔가 찜찜하고 불안한 느낌을 받긴 했으나, 이건 정말 상상 밖이었다. 나그네도 재워 주고 밥 먹여 주는 게 인심인데, 멀리서 부러 찾아온 사람을 살지 말라니. 더구나 사촌의 방에서 함께 있겠다는 것인데. 성만은 이해도 안 되고, 기가 막힐 뿐이었다. 검정고시도 합격하고 대학에도 들어가서 나름대로 꿈을 펼쳐 보려고 벼르고 벼른 서울길이다.

성만은 순간 아득한 나락으로 떨어지는 듯한, 한 층 한 층 힘들게 쌓은 공든 탑이 와르르 무너지는 듯한 절망감을 맛보았다. 멍한 얼굴로 서 있는 성만을 보며 정탁이 말했다.

"좀 잘생기지. 순 산 도둑같이 우락부락하게 생겼으니……."

"야, 생긴 거하고 무슨 상관이야! 그 사람 참 지독하다. 어째 집에 찾아온 사람을 내쫓냐?"

성만은 말을 하자니 설움이 왈칵 치밀어 올랐다.

"주인아저씨 말이, 여자들이 너무 많이 산다는 거야. 자기네 딸도 둘이나 되고, 우리 앞방에도 경자라고 처녀가 하나 있거든. 그런데 총각이 둘이나 살면 안 된다는 거야."

정탁이 성만을 위로하려는 것인지, 주인 남자를 위해 변명하려는 것인지 이렇게 말했다. 성만은 정탁을 빤히 바라보며 물었다.

"참 내. 내가 여자들을 뭐 어쩐다고. 그럼 너는 괜찮대냐? 총각 하나는 괜찮대?"

"그런가 보지…… 아니지, 내가 한 얼굴 하니까 그런 거야. 날 봐. 잘생긴 데에다 착하기까지 하잖아."

정탁이 말해 놓고 키득거렸다. 성만은 눈을 험악하게 뜨고, "뭐? 약 올리는 기야 지금?" 하고 소리 지르면서 정탁의 목을 오른팔로 감아 옆구리에 꼈다. 정탁이 두 팔을 흔들며 버둥거렸다.

"악, 숨 막혀. 놔! 놔!"

"그럼 '형은 남자답게 생겼어.'라고 말해 봐."

"알았어, 알았어. 형은 남자다워, 멋있어, 멋있어."

정탁이 재빨리 말했고, 성만은 팔을 풀었다. 둘은 방바닥에 주저앉았다. 그리고 한참 동안 가만히 앉아서 방바닥을 보았다.

"휴—."

정탁이 한숨을 쉬었다. 성만도 한숨을 쉬었다.

"어쩌지?"

정탁이 성만에게 물었다.

"……."

성만은 할 말이 없었다. 상황이 혼란스러워 생각이 복잡했다.

정탁의 방에 있을 수 없다면, 정말 어떡해야 할지 얼른 답이 생각나지 않았다. 집으로 다시 내려가든가, 아니면 다른 살 곳을 찾아야 했다.

"다시 한 번 주인아저씨한테 사정해 보면 안 될까?"

"아까 내가 여러 번 사정했어. 착하고, 공부도 잘하는 사람이라고. 안 된대. 절대로 안 된대. 어우, 정말. 머리는 훌렁 벗어져 가지고, 못된 영감탱이."

"서울 사람은 다 저러냐? 정말 말도 안 된다. 말도 안 돼."

성만과 정탁은 마주 앉아 한숨을 푹푹 쉬었다. 한숨 끝에 성만이 말했다.

"하지만, 이대로 도로 집에 갈 수는 없어. 아버지 얼굴을 어떻게 봐."

"못 내려가면……, 찾아봐야지."

"뭘?"

"네가 묵을 곳을 찾아봐야지."

"그런 데가 있냐?"

"신문 보니까 침식 제공한다는 곳이 더러 있던데."

"그게 뭐야?"

"재워 주고 먹여 준다는 뜻이지."

"공짜로?"

"그럴 리가 있겠어? 일을 해야겠지. 그런 데라도 찾아볼까?"

"야, 재워 주고 먹여 준다면 당연히 찾아야지. 일도 좀 하면 어때. 내가 일 하나는 잘한다."

"공부해야 되잖아."

"일 끝나고 공부하면 되지. 당장 잠잘 곳이 필요한데 요것조것 따지게 생겼어?"

"……미안해."

"네가 미안할 게 뭐 있어. 저 아저씨가 나쁜 사람이지."

정탁이 자리에서 일어섰다.

"주인아저씨한테 갔다 올게. 신문도 좀 얻고."

얼마 지나지 않아 정탁은 신문을 한 아름 안고 들어왔다.

"며칠은 된대. 어디 있을 곳 알아볼 때까지."

"고양이 쥐 생각하냐?"

"그래도 다행이지 뭐야. 당장 나가라면 어떡할 뻔했어."

성만과 정탁은 신문을 뒤지기 시작했다. 신문의 구직란에는 진짜로 '침식 제공'이란 글자가 많았다. '신문 지국 총무 모집, 초보 환영, 침식 제공'이란 광고가 가장 많았다. 성만은 마음이 놓였다. 조금 전에 느꼈던 절망감이 많이 사라졌다. 기분이 한결 나아져서 밝은 얼굴로 웃으며 말했다.

"야, 침식 제공이 천지다 천지. 아무거나 골라잡아도 되겠다."

"그러게, 많네."

정탁도 맞장구쳤다. 둘은 다시 신문을 열심히 뒤적이면서 주소를 보고 가장 가까운 아현동의 신문 지국을 찾아가기로 했다.

"당장 가자. 머뭇거릴 필요 뭐 있어."

찾아간 신문 지국은 생각보다 작고 초라했다. 보기에도 허름한 신문 지국의 사무실 안은 마치 쓰레기장 같았다.

"촌에서 왔다고?"

총무라는 남자가 싱글싱글 웃으며 말했다. 총무를 구하느냐는 말에 남자는 "총무는 무슨. 배달원을 모집할 때 다들 광고를 그렇게 내지. 초보자가 어떻게 총무를 해." 하고 말했다. 남자는 서른 살쯤 되어 보였다. 몸이 작고 똥똥했으며 얼굴도 작았다. 작은 눈과 작은 코와 작은 입, 그래서 전체적으로 오종종한 느낌을 주었다. 성만과 정탁을 보는 총무의 눈이 "뭐 이런 순진한 놈들이 다 있냐?" 하고 말하는 듯했다.

"침식 제공이 된다고 했는데?"

성만이 물었다

"아, 그거?"

총무는 성만과 정탁을 번갈아 보더니 물었다.

"둘 다 하려고?"

"아니, 저만……."

성만이 말하자, 총무가 고개를 끄덕였다.

"혼자라면 가능하지. 둘이 자긴 좁아서. 저기서 자면 돼."

총무는 사무실 구석에 놓인 간이침대를 가리켰다. 침대 위에는 신문지와 잡지 나부랭이가 쌓여 있었다. 성만은 절로 눈살이 찌푸려졌다.

'저기서 자라고?'

정탁 역시 성만의 얼굴을 보면서 어이없다는 표정을 지었다. 마뜩찮은 얼굴로 간이침대와 사무실을 둘러보는 성만에게 총무가 말했다.

"좀 불편하긴 할 거야. 그렇지만 살 만해. 며칠 전에 그만둔 놈도 여기서 여섯 달을 살았으니깐. 추운 겨울에도 살았는데, 이젠 따뜻한 계절 아니냐."

"……."

"대신 사무실 청소를 하는 게 조건이야."

"예? 청소요?"

"그럼, 공짜가 어디 있어. 청소만 하면 잠자리가 제공되는데 무지 싼 거지."

성만은 한숨이 나왔다. 정탁도 같은 심정이었다. 성만은 이미 이곳에 있고 싶은 생각이 눈곱만큼도 없었다. 빨리 나가고 싶었다. 그런데 정탁이 또 물었다.

"밥은요? 침식 제공이니까, 밥도 준다는 건데……."

"그거? 요 앞 국밥집에서 먹으면 돼. 가정식 백반도 하니깐, 먹을 만해. 맛있어."

"예……."

성만과 정탁이 마주 보며 고개를 끄덕였다. 잠자리는 좀 불편해도 밥을 준다면 다시 생각해 볼 만했다. 그런데 총무가 이어서 말했다.

"밥값은 월급에서 까는 거야. 하지만 대 놓고 먹으니까, 식당에서 조금 깎아 주지."

"월급에서 깐다고요?"

정탁이 말도 안 된다는 얼굴로 목소리를 높였다.

"당연하지. 그럼 어떨 줄 알았어?"

"숙소도 주고 밥도 해 주는 줄 알았죠."

"뭐? 푸하하. 뭐 이런 순진한 친구들이 다 있나? 푸흐."

총무가 우스워 죽겠다는 얼굴로 연방 웃음을 터뜨렸다. 성만과 정탁은 놀림을 당하고 있다는 생각이 들었다. 성만은 속에서 은근히 화가 치밀어 올랐다. 그래서 불퉁스럽게 말했다. 일부러 총무가 들으라고 큰 소리로.

"가자, 정탁아. 이런 데서 사람이 어떻게 자냐?"

성만은 문을 밀고 나왔다. 정탁이 "야, 잠깐만." 하면서 좇아 나와 성만의 손을 잡았다.

"야, 잘 생각해 봐야지. 그냥 나가면 어떡해. 어떻게든 있을 곳을 마련해야 하잖아."

"저런 쓰레기장에선 못 있어. 그리고 밥값도 월급에서 깐다며."

"하긴, 영 우리 생각과 다르네. 휴—."

성만과 정탁은 잠시 길을 잃은 아이들처럼, 갈 곳을 몰라 우두커니 서 있었다. 골목길을 지나다니는 사람들, 분주하게 오고 가는 자동차들을 보면서 둘은 한참을 서 있었다.

"다른 데 가 보자."

정탁이 말했다.

그렇게 몇 군데를 더 다녀 보았으나, 신문 지국의 조건은 거의 비슷했다. 결국 허탕을 치고 힘없는 발걸음으로 둘은 집으로 돌아왔다.

이틀이 지나자 주인 남자가 정탁을 불러서 재촉했다. 정탁이 방으로 돌아와 화를 냈다.

"지독한 영감탱이. 쪼쪼한 좀팽이."

딱 하루만 더 시간을 준다는 것이었다. 성만과 정탁은 마음이 급해졌다. 하루 안에 어딘가 묵을 곳을 찾아야 했다.

성만과 정탁은 쉬지 않고 신문을 뒤적거렸다. 신문 배달직 모집의 구인란은 더 이상 거들떠보지 않았다. 광고 내용의 절반 이상이 거짓이란 걸 이미 알았기 때문이다. 다른 구인 광고도 곧이곧대로 믿지 않기로 했다.

조건에 맞는 구인 광고는 그리 많지 않았다. 조건이란 일단 침식 제공이 되어야 하고, 성만은 시험공부가 목적이기 때문에 일을 하면서도 공부할 시간이 넉넉해야 했다. 그런 조건이 맞는 구인 광고는 그리 많지 않았다. 신문 배달은 아침에 일이 끝나기 때문에 공부할 시간이 많다는 것이 성만과 정탁의 구미를 당겼다. 하지만 현실은 그렇지 않다는 걸 알고 이미 포기했으므로 다른 일을 찾아야 했다. 성만은 정탁에게 미안했다. 학원에 다녀오는 시간을 빼고는 오로지 성만이 묵을 곳을 찾느라 시간을 써야 했기 때문이다.

"미안하다, 정탁아. 네 공부 시간을 다 뺏어서."

"무슨 소리야. 내가 더 미안하지. 기껏 오라고 해 놓고 이러고 있으니……. 그런 소리 말고 얼른 쓸 만한 데나 찾아봐."

둘은 다시 열심히 신문을 뒤졌다.

"오호, 이거 어때? 이것 좀 봐."

정탁은 신문을 성만 앞에 펼쳐 놓았다. 정탁이 검지 끝으로 가리키고 있는 곳에 이렇게 쓰여 있었다.

웨이터 모집. 침식 제공. 기본급 11만 원. 월수 50만 원 보장.
밤 7시부터 12시까지 일함. 미소살롱.

"뭐야 이거?"

성만은 입이 떡 벌어졌다. 눈도 휘둥그레졌다. 정탁도 놀란 입을 다물지 못했다.

"기본급이 십일만 원이래."

"한 달에 오십만 원을 보장한대잖아."

"이거, 금방 부자 되겠다."

"그것도 밤에만 일한대. 일곱 시부터 열두 시까지면 겨우 다섯 시간이잖아?"

"낮에 얼마든지 공부할 수 있겠네."

"근데 웨이터가 뭐 하는 거냐?"

"글쎄, 뭐지? 그게 뭐든, 이런 조건이면 정말 끝내준다. 이야."

둘은 감탄의 소리를 연방 다투어 쏟아 놓았다. 성만은 두근거리는 가슴을 겨우 누르며 말했다.

"야, 당장 가 보자. 주소가 어디야?"

"신림동. 좀 먼데."

"멀어야 얼마나 멀겠어. 당장 가자."

성만이 일어섰다. 정탁도 따라 일어섰다.

둘은 골목길을 뛰듯이 걸어서 신림동 가는 버스를 탔다. 한 시간 뒤 둘은 버스에서 내렸다. 신문에 표시된 약도를 보고, 사람들에게 물어물어 미소살롱을 찾아갔다.

미소살롱 0번 웨이터

미소살롱은 큰 사거리 모퉁이, 오 층짜리 건물 지하에 있었다. 건물 옆에는 큰 중국집, 양복점, 빵집, 철물점 같은 가게들이 줄지어 서 있었다. 성만과 정탁은 긴장이 되어서 마른침을 꼴깍 삼키고 지하로 내려갔다.

살롱은 공사 중이었다. 꽤 넓었다. 가운데에 큰 홀을 두고 디귿자 모양으로 방들이 죽 늘어서 있었다. 바닥과 천장, 벽, 문을 모두 수리하는 모양이었다. 뜯어낸 벽지와 장판, 문짝 따위가 무더기무더기 쌓여 있었다. 여러 일꾼이 부지런히 움직이고 있었는데, 말쑥하게 차려입은 남자가 성만과 정탁을 발견하고 다가왔다. 갓 서른 살이 넘어 보였다.

"어떻게 왔지요?"

목소리가 점잖고 매우 부드러웠다. 퉁명스럽고 거칠게 말하던 신문 지국 사람들과는 영 달랐다. 옷도 멋쟁이처럼 잘 차려입고, 몸매도 날씬했으며 무엇보다 얼굴이 호감 갈 정도로 잘생겼다. 게다가 미소까지 짓고, 존댓말까지 척 붙여서 묻고 있었다. 남자의 부드러운 목소리에 성만은 긴장이 풀리고 마음이 편안해졌다.

"예, 저, 신문을 보고 왔습니다."

"아, 광고를 봤군요? 그런데 나이가?"

"올해 고등학교 졸업했습니다."

정탁이 먼저 대답했다. 남자는 "그래요?" 하더니 따라오라고 손짓을 했다. 성만과 정탁은 방으로 안내되었다. 커다란 홀 끝에 술병을 놓도록 만든 긴 진열장이 있고, 그 옆에는 주방이 있었다. 그리고 주방 옆에 방이 있었다. 방은 정탁의 방보다 두 배는 커 보였다. 노란 장판이 깔끔하게 깔려 있고, 반짝반짝한 새 장롱도 있었다. 한쪽에는 전축이 있었는데, 스피커가 엄청나게 큰 것이었다.

"앉아요."

남자가 말했다. 성만과 정탁은 쭈그리고 앉았다.

"나는 지배인이에요. 그래, 두 사람이 다 웨이터를 할 건가요?"

"아니요. 저만."

성만이 얼른 대답했다. 그러자 지배인이 두 눈 사이의 주름을 살짝 찌푸렸다. 그러나 그것은 아주 순간이었다. 곧 온화한 웃음을 웃으면서 말했다.

"아, 그래요. 잘 왔어요."

곧이어 지배인이 설명을 늘어놓았다. 지금 공사 중인 것은 자기가 모시는 사장님이 이 살롱을 새로 샀기 때문이며, 멋지게 수리를 해서 신장개업을 할 예정이라는 게 설명의 요지였다. 수리 기간은 열흘로 잡고 있다고 했다. 그래서 수리 기간 동안에 웨이터들을 새로 모집하고 있는 중이라는 것, 사장은 살롱을 해 본 적이 없는 사람이라 자기에게 모든 권한을 맡겨 놓고 있다는 것도 얘기했다. 설명을 하고 나서 지배인이 성만을 보고 물었다.

"이름이?"

"고성만입니다."

"그래요. 나는 김지훈이라고 해요."

"저기……, 말 놓으십시오. 저보다 훨씬 나이가 많으신 것 같은데……."

"하하, 초면에 어떻게 말을 놓아요. 좀 더 친해지면 놓도록 하지요."

성만은 그만 감동을 하고 말았다. '아, 이렇게 친절한 사람도 있구나. 이 지배인이라는 사람이 하는 말이라면 무엇이든 믿을 수 있겠구나.' 하는 생각이 들었다.

"근데 집은 어디죠? 근처인가요?"

"아닙니다. 공덕동인데요."

정탁이 대신 대답했다.

"아유, 공덕동이면 꽤 먼데……."

"사실은, 저, 침식 제공이 된다고 해서."

성만이 뒷머리를 긁적이며 사정을 말했다. 시골에서 공부를 하러 왔다는 것, 정탁의 방에 같이 못 있게 되었다는 것, 여기저기 묵을 곳을 며칠째 찾아보고 있다는 것을 주절주절 말했다.

"아, 그래요? 그럼 여기서 살면 되겠네요."

"예? 정말입니까? 이……."

성만은 "이렇게 좋은 방에."라는 말을 하려다가 말을 꾹 눌렀다. 너무 아첨하는 듯한 느낌이 들었기 때문이다. 정탁도 기뻐서 어쩔 줄 몰라했다.

"고맙습니다. 정말 고맙습니다."

정탁이 두 번이나 고맙다고 인사를 했다. 지배인이 빙그레 웃으면서 대답했다.

"뭘요. 이 방은 원래 웨이터들이 묵는 곳이에요. 이제 성만 씨가 계약금만 내면 우리 살롱 0번 웨이터가 되는 건데요, 뭘."

"예? 계약금이요?"

성만은 잘못 들었나 싶어 되물었다.

"그래요, 계약금. 아, 광고에는 그런 말이 없었지요? 하지만 계약금을 내는 건 우리 업계에선 불문율이에요. 누구나 다 아는."

"그…… 계약금이 얼마나 됩니까?"

성만과 정탁은 서로 불안한 눈빛을 주고받았다. 성만은 어째 일이 너무 쉽게 잘 풀린다 했더니 결국 올 것이 왔구나, 하는 생각이 들었다. 지배인이 대답했다.

"십오만 원이에요."

"예? 시, 십오만 원이요?"

성만과 정탁은 너무 놀라서 입을 헤벌린 채 지배인을 바라보았다. 순간, 사기가 아닐까 하는 생각도 들었다. 그러자 성만은 지배인의 부드러운 목소리와 온화한 미소가 다 거짓으로 꾸며 낸 것처럼 느껴졌다. 정탁도 그런 생각이 들었는지, 얼굴을 찌푸리고 있었다. 지배인은 성만과 정탁의 속마음을 아는지 모르는지 아무런 표정 변화 없이 이렇게 말했다.

"좀 많지요? 하지만 어쩔 수 없어요. 웨이터들이 잠깐 일하다가 말도 없이 가 버리곤 해서. 그래도 걱정은 말아요. 그만둘 때 돌려주는 거니까."

"아, 돌려주는 거군요."

"그럼요. 계약금인데 당연히 돌려줘야지요."

지배인이 빙긋 웃었다. 지배인의 웃음에 성만의 불안했던 마음이 봄눈 녹듯이 사라졌다. 그런 성만의 마음속을 환하게 들여다본 것처럼 지배인이 덧붙였다.

"그냥 내는 돈인 줄 알았어요? 에이, 아니에요."

함빡 웃으며 지배인은 성만의 어깨를 부드럽게 두드렸다. 성만은 그런 지배인이 마음씨 너그러운 큰형이나 막내 삼촌처럼 느껴졌다. 잠깐이지만 지배인을 의심했던 게 미안할 정도였다.

성만은 당장 짐을 꾸려서 미소살롱으로 왔다. 정탁이 아주 미안한 표정으로 성만을 배웅했다. 미안함과 함께 한편으로는 홀가분한 마음이 들기도 한 정탁은, "잘됐어. 돈도 벌고, 공부도 하고 얼마나 좋아." 하면서 성만의 앞길을 축복했다.

"그래, 자주 놀러 와. 나도 시간 봐서 놀러 갈게."

성만도 만족스럽게 웃으면서 말했다. 둘은 서로 손을 잡고 흔들다가 헤어졌다.

지배인이 성만을 반갑게 맞이해 주었다. 성만은 지배인이 말하기 전에 먼저 돈을 내놓았다. 십오만 원은 성만이 가진 돈의 전부였다. 수진과 쓰고 남은 둑 공사 돈에, 서울 올 때 아버지가 보태 준 돈을 모두 합한 것이었다. 이제 성만의 수중에는 잔돈 몇 푼만 남았다. 지배인은 돈을 세면서 말했다.

"잘 보관했다가 그만둘 때 돌려줄게. 이까짓 것 뭐, 앞으로 일만 잘하면 금방 벌 수 있는 돈이지."

성만은 지배인이 믿음직했다. '이까짓 것'이라는 말도 마음에 들었다. 성만으로서는 정말 많은 돈이고 소중했으며 전 재산이었지만, 지배인에게는 이까짓 것에 불과한 푼돈이라는 것 아닌가. 그 말은 곧 지배인이 아주 많은 돈을 갖고 있다는 뜻과 통했다.

성만은 그렇게 받아들였다. 처음 봤을 때 깍듯했던 존댓말이 어느새 반말로 바뀌어 있었으나, 그것도 성만은 듣기 좋았다. 더욱 가까워진 듯한 느낌이었다.

"앞으로 형이라고 불러."

지배인이 성만의 어깨를 툭 치며 말했다. 성만은 감격했고 기분이 좋았지만, 바로 "그럴게요." 하는 것은 예의가 아닐 듯해서 한번 사양을 해 보았다.

"어떻게 형이라고……, 그냥 지배인님이라고 부를게요."

"그래? 그럼 편한 대로 해라."

지배인이 말했다. 그 말을 듣자 성만은 섭섭했다. 예의상 사양해 본 것인데, 그럼 그러라니, 성만은 안타까웠다. 그러나 어쩔 수 없는 일이었다.

날마다 공사는 착착 진행되었다. 성만은 공사가 진행되는 동안에는 딱히 할 일이 없었다. 그래서 그냥 방 안에서 공부만 했다. 공사하는 소리가 시끄럽긴 했으나, 책에 집중하고 있으면 소리가 들리지 않았다. 소리보다는 냄새가 좀 신경 쓰였다. 본드 냄새, 페인트 냄새, 새로운 가구에서 나는 화학약품 냄새가 뒤섞여서 살롱 안에 배어 있었다. 환기팬을 쉬지 않고 돌려도 워낙 냄새가 많이 나서 잘 빠지지 않았다. 그러나 머리가 아프다거나 하는 일은 없었다.

지배인이 성만에게 맡긴 일은 딱 하나였다.

"밤에 잘 때 문 잘 잠가."

그 문은 지하 살롱으로 내려오는 계단 입구에 설치한 철문을 말하는 거였다. 새로 들여온 비싼 가구들과 설치된 조명 기구들은 모두 값비싼 것들이라고 했다. 어떤 도둑놈들은 차를 대 놓고 새로 수리 중인 가게만 골라서 털어 가기도 한다고 했다. 지배인의 그 말은 성만을 바짝 긴장시켰다.

"하지만 걱정할 것 없어. 저 철문만 잘 잠가 두면, 어떤 놈도 못 들어오지."

지배인의 말에 성만은 안심했다. 그리고 하루 일이 끝나서 일꾼들이 돌아가면 바로 철문을 잠가 버렸다.

성만은 밥걱정도 일절 하지 않았다. 공사를 하는 일꾼들과 같이 먹었는데, 누구도 성만에게 밥값을 내라고 하지 않았다. 가끔 지배인은 성만을 데리고 시장에 가서 불고기를 사 주기도 했다. 불고기는 입안에서 살살 녹았다.

닷새가 지났다. 실내 수리는 거의 끝나 가고 있었다. 성만은 공사 소음이 시끄러운 낮에 공부가 더 잘되고 밤에 혼자 있을 때 오히려 공부가 잘 안되었다. 고요. 적막. 작게 부스럭거리는 소리도 사람을 깜짝깜짝 놀라게 했다. 할 수 없이 성만은 전축을 틀었다. 판은 돌릴 줄을 모르고, 카세트테이프 트는 걸 배워서 음악을 들었다. 아직 제대로 갖춰지지 않아서 한두 가지 테이프만 틀고 또 틀었다. 전축이 없었다면, 노래가 없었다면, 아마 성만은 밤의 두

려움을 견디지 못하고 미소살롱을 탈출했을 것이다. 노래를 듣다가 잠이 들고, 시끄러운 공사 소리에 깨면 아침이었다.

수리가 완료되기 사흘 전이었다.

"앞으로 같이 지내라."

지배인이 사람 둘을 데리고 왔다.

"너는 동갑이고."

키가 멀쑥하게 크고 호리호리한 사람의 어깨를 치며 지배인이 말했다.

"너는 형뻘 되겠구나."

이번에는 적당한 키에 몸매가 다부진 사람을 가리키며 지배인이 말했다.

"반갑다."

"잘 지내자."

둘은 성만에게 손을 내밀며 말했다. 성만도 얼른 손을 마주 내밀어 번갈아 악수를 했다. 성만은 속으로 정말 반가웠다. 며칠 동안 혼자 지낸 밤이 영 쓸쓸했던 까닭이다.

그날 밤, 몸매 다부진 형뻘이 픽픽 웃으며 성만에게 말했다.

"네가 0번이라며?"

성만은 그게 뭘 뜻하는지 궁금했다. 지난번에 지배인도 그런 말을 했었다. 성만은 옳거니 하고 얼른 되물었다.

"그게 뭡니까? 난 잘 몰라요."

"그 참, 어떻게 된 거야. 이런 초짜를. 지배인도 좀 심했다, 그자?"

형뻘은 성만의 말에 대답은 안 하고 말라깽이를 보고 이죽거렸다. 성만은 자신의 말을 무시하는 형뻘의 태도가 불쾌했다. 그러나 꾹 참고 물었다.

"0번이 뭡니까? 궁금한데요."

성만은 호리호리 말라깽이에게도 눈길을 주었다. 그러나 말라깽이는 실실 웃기만 하고, 형뻘이 대답했다.

"그런 게 있어. 금방 알게 돼. 진짜배기 0번이 오면 말이지."

형뻘은 끝내 가르쳐 주지 않았다. 성만은 스스로 알게 될 때까지 기다리는 수밖에 없었다.

다음 날은 낮에도 성만이 공부를 할 수가 없었다. 아침을 먹고 나서, 형뻘과 말라깽이는 몸을 치장하기 시작했다. 머리를 감고, 얼굴에 화장품을 바르고, 말끔하게 다린 양복을 꺼내 입었다. 목에는 나비넥타이를 매고 거울을 보는데, 진짜 한 인물들이 났다. 말라깽이가 한 번씩 성만에게 물었다.

"넌 세수 안 해?"

"넌 옷 안 입어?"

성만은 그럴 때마다 이렇게 대답해 주었다.

"귀찮은데."

"뭔 옷을 입어?"

성만의 대답을 들은 둘은 마주 보고 킬킬 웃었다. 준비를 다 마친 형뻘이 문을 열고 나가다 말고 성만을 돌아보며 말했다.

"너도 가자."

"어딜요?"

성만이 묻는데 말라깽이가 말했다.

"형님, 괜히 데려갔다가 폼만 버리는 거 아닙니까, 우리까지?"

"아니지, 우리가 오히려 살지. 재가 하도 험상궂으니까 말이야. 푸하하."

"그런가요? 그럴 수도 있겠네요. 히히."

성만은 자기를 두고 하는 말임을 알고 기분이 나빴지만, 말뜻을 알 수가 없어서 말참견을 못 했다. 다만 어디를 가는지 궁금하기도 해서 따라가기로 마음을 먹었다. 성만은 벽에 걸려 있던 잠바를 입고 둘을 따라 나갔다. 귀공자 두 사람을 시중드는 하인 같았다. 옷차림으로만 보면 그랬다.

형뻘과 말라깽이가 간 곳은 커다란 빌딩들이 죽 늘어서 있는 곳이었다. 층층이 있는 사무실마다 다니며 형뻘과 말라깽이는 남자 직장인들에게 굽실거렸다. 둘은 허리를 구십 도로 꺾어서 공손하게 절을 하며 명함을 내밀었다. 성만이 하나 달래서 보니 명함에는 이렇게 적혀 있었다.

입구에서 저를 찾아 주세요. <백 · 두 · 산> 모든 걸 책임집니다.

명함 아래쪽에는 미소살롱의 이름과 전화번호가 적혀 있었다. 형뻘은 명함을 주면서 "미소살롱 백두산입니다." 하고 말했는데, 마치 녹음기를 틀어 놓은 것 같았다. 미소살롱 백두산, 미소살롱 백두산, 미소살롱 백두산……. 따라다니며 듣자니 성만은 그 말이 귀에 딱지가 앉을 정도였다. 형뻘도 지쳤는지, 나중에는 말을 빨리했다. 그래서 어느 순간부터는 '미소백사'라고만 들렸다. 미소백사, 미소백사. 한번 그러하자 성만에게는 오로지 그렇게만 들렸다. 명함을 건네고 미소백사라고 소리치면서 허리를 굽실거리는 형뻘과 말라깽이의 모습이 우스웠다.

명함 이백 장을 다 돌렸다. 점심때가 되었다. 형뻘이 미소살롱 옆에 있는 중국집에서 자장면을 사 주었다.

"수고했다."

형뻘이 말라깽이의 어깨를 투덕였다.

"뭘요, 형님."

말라깽이가 대답하자, 형뻘이 고개를 끄덕이며 은근한 목소리로 말했다.

"주철아, 넌 무조건 정문을 맡아야 한다. 알았지?"

"예. 걱정 마십시오, 형님."

주철이 단단히 결심 어린 얼굴로 대답했고, 형뻘은 만족스럽게 웃었다.

"좋아."

형뻴이 기분 좋게 웃다가 성만을 보았다. 성만을 물끄러미 바라보다가 형뻴이 말했다.

“넌 이름이 뭐냐?”

“고성만인데요.”

“그래, 성만이. 난 대호다. 정대호. 너……, 내 밑에 들어올래?”

형뻴, 아니 대호의 목소리가 부드러웠다.

“그게 무슨?”

성만은 무슨 뜻인지 알 수 없어서 되물었다. 그러자 주철이 나서서 설명을 해 주었다.

이제 이틀 뒤면 살롱이 개업을 한다. 그래서 오늘부터 웨이터들이 활동을 시작한다. 웨이터는 보통 보조 한두 명과 아가씨 서너 명을 데리고 일한다. 보조는 정문과 계단참, 주방, 홀, 화장실 따위에 배치된다. 이 중에 정문 보조가 매우 중요하다. 왜냐하면 정문에서 손님을 잡아 자기가 모시는 웨이터에게 연결해 주는 일을 하기 때문이다. 그리고 그다음으로 중요한 것이 화장실 보조다. 술꾼들이 술을 먹으면 화장실을 자주 간다. 가끔은 토하기도 한다. 그럴 때 물수건으로 입을 닦아 주기도 하고, 오줌을 누고 났을 때 피로회복제를 마실 수 있도록 해 주면서, 자기가 모시는 웨이터 이름을 알려 줄 필요가 있다. 기분이 좋은 손님들은 웨이터에게 봉사료를 준다. 물론 아가씨를 손님과 연결해 주는 것도 웨이터의 역할이다. 아가씨들이 받은 봉사료와 웨이터가 받은 봉사료가 많으면 보조에게도 국물이 돌아온다.

"이제 좀 알겠어?"

주철이 설명을 마치고 성만에게 물었다. 성만이 고개를 끄덕이며 대답하려고 하는데, 대호가 먼저 말했다.

"그래서 말인데, 네가 내 밑에 보조로 와서 화장실을 맡아라."

성만은 의아해서 물었다.

"저는 보조가 아니라 웨이터라고 했는데요."

"뭐?"

대호와 주철이 눈을 동그랗게 뜨고 동시에 물었다. 성만이 다시 말했다.

"웨이터라고요. 0번 웨이터. 지배인님이 그랬어요."

"오, 그랬어? 허허…… 참 내."

대호가 어이없다는 듯 푸훅, 하고 웃었다. 주철도 배꼽을 잡고 후하하 웃어 댔다. 대호는 간신히 웃음을 그치고, 성만의 어깨를 잡고 말했다.

"야, 성만아. 너 사람을 왜 이렇게 웃기냐? 인마, 0번 웨이터를 아무나 하냐? 야, 주철아! 안 되겠다. 얼른 설명 좀 해 줘라."

"흠, 0번 웨이터란……."

한마디로 웨이터들 가운데 가장 경험이 많고 세련된 사람이다. 한 살롱에서 으뜸가는 웨이터라는 뜻이다. 바람잡이, 각종 보조를 다 거치고, 홀과 룸에서의 깍듯한 예의, 아가씨들과 교류 따위에 빈틈이 없어야 한다. 그렇기 때문에 보조들과 다른 웨이터, 아가씨뿐만 아니라 지배인이나 사장에게도 믿음을 얻는 사람이어야 한다.

"알겠어? 이런데도 네가 0번 웨이터라고?"

주철이 말했다.

"……."

성만은 할 말이 없었다. 대신 활짝 웃으며 0번 웨이터 운운하던 지배인의 얼굴이 떠올랐다. 망치로 뒤통수를 호되게 두드려 맞은 듯도 하고, 꼭 믿었던 사람에게 배신을 당한 듯한 느낌도 들었다. 성만이 멍한 얼굴로 앉았는데, "내 밑에서 화장실을 맡아라. 이건 파격이다." 대호가 말했고, "그럼! 처음엔 바람잡이부터 해야 돼. 대번 화장실을 맡는 건 대단한 거라고." 주철이 맞장구를 쳤다.

성만은 고개를 흔들었다.

"그래도, 난 계약금을 냈기 때문에 웨이터를 해야 돼."

"계약금?"

주철이 대호를 돌아보았다. 대호가 굳은 얼굴로 물었다.

"얼마 냈냐?"

"십오만 원이요."

"그래? 누구한테 냈는데?"

"지배인님이요."

"지배인? 그랬단 말이지."

"형도 냈지요?"

"나? 나 말이냐?"

대호가 묘한 웃음을 흘렸다. 주철이 뭐라고 말을 하려고 하자, 대호가 눈을 찡끗했다. 그리고 성만에게 말했다.

"그거, 수업료 냈다고 생각하면 된다."

"수업료라니요?"

"두고 보면 안다."

대호는 더 대답을 해 주지 않았다. 성만은 뭔가 불안했다. 성만은 대호가 주철에게 눈을 찡끗한 것도 기분 나빴다. 성만은 지배인에게 물어봐야겠다고 생각했다. 그러나 이미 마음속으로는 지배인에게 속은 것이 아닌가 하는 생각을 하고 있었다.

7 찰거머리 같은 놈

살롱이 개업을 했다. 사람들로 북적거렸다. 성만이 머물던 방은 아가씨들의 대기실이 되었다. 화장대가 들어오고, 샴푸 냄새와 비누 냄새, 온갖 향수 냄새가 방에 가득 찼다. 여자들은 하나같이 대학생처럼 청바지와 하얀 티셔츠를 입고 책을 가슴에 꼭 안고 들어왔다. 지하 계단을 내려와 방으로 들어오면, 책을 집어 던지고 옷을 갈아입었다. 허벅지가 다 드러나는 짧은 치마와 가슴이 보일 듯 말 듯한 블라우스를 입었다. 립스틱을 진하게 칠하고 얼굴에 투덕투덕 분을 발랐다.

성만은 방에서 쫓겨나 빙빙 돌았다. 사람들은 바쁘게 돌아다녔다. 손님이 오고, 술이 들어가고, 음악이 울리고, 춤을 추고, 여자들의 웃음소리와 남자들의 고함이 뒤섞였다. 저녁 일곱 시경부터 영업을 시작하면 보통 밤 열두 시나 한 시에 영업이 끝났다. 영업이 끝난 뒤에 정리를 하고 청소를 하고 나면 그럭저럭 두 시가 지났다.

성만은 화장실이나 정문이나 하여튼 어디서나 웨이터 보조를 할 생각은 없었다. 그래서 지배인에게 따졌다. 왜 나는 웨이터를 시켜 주지 않느냐고. 지배인이 성만을 딱하다는 표정으로 보면서 말했다.

"웨이터를 시켜 주지 않다니? 누가?"

"지배인님이요. 저한텐 아무런 일도 안 주시잖아요."

"허허, 이 친구 보게. 야, 일은 네가 알아서 하는 거야."

"예?"

"너는 우리 집 0번 웨이터야. 누가 뭐래도."

"……."

성만은 할 말이 없었다.

하루가 지났다. 이틀이 지났다. 그러나 여전히 성만이 할 일은 없었다. 성만은 자기가 무슨 일을 해야 할지도 몰랐다. 그래서 밤에는 정문 보조를 하는 주철이 옆에서 놀았다. 영업이 끝나고 청소를 하고 난 새벽 두 시, 성만은 룸에서 공부를 했다. 화장품 냄새가 진동을 하는 방에서는 대호와 주철이 코를 드르렁거리며 잠을 잤다. 성만은 졸린 눈을 부릅뜨며 책을 보았다. 그러나 어느새 눈꺼풀은 무겁게 내려앉았고, 눈을 뜨면 탁자에 엎드려 자고 있었다. 어깨가 욱신거렸다.

대호랑 주철과 함께 주방에서 이것저것 닥치는 대로 요기가 될 만한 것을 찾아 늦은 아침을 먹고, 공부를 좀 해 보려고 하면 살롱이 다시 소란스러워졌다. 점심때가 되기도 전에 주방에서는 음식 준비로 분주했고, 웨이터 보조들은 룸마다 다니며 청소와 술상 차리기 작업에 들어갔다.

그럴 때면 성만은 하릴없이 밖으로 나가 중국집 주인 호 씨를 찾아갔다. 몇 번 자장면을 사 먹으면서 얼굴을 익혔고, 성만이 검정고시를 보려 한다는 걸 알고 격려를 해 주기도 했다.

"나처럼 나이 들어서 후회해, 공부 안 하면. 잘 생각한 거야."

호 씨는 밤에 시끄러우면 자기네 가게에 와서 공부를 해도 좋다고 했다.

"우리는 밤 아홉 시면 영업 끝이거든."

그런데 호 씨와 아주 다른 생각을 하는 사람도 있었다. 중국집 옆에서 철물점을 하는 정 씨였다. 정 씨도 성만이 가끔 호 씨와 함께 만나는 사람이었는데, 정 씨는 이런 말을 했다.

"너, 중장비 운전 배워라."

"중장비요?"

"그래. 지게차나 불도저나 굴착기 같은 거 말이야."

"그건 왜요?"

"야, 그거 배워서 이라크나 사우디 같은 데 가면 떼돈 번단다, 떼돈."

"거기가 어딘데요?"

"저기 사막에 있는 나라지. 내가 너만 한 나이면 대번 가겠다, 대번."

성만은 귀가 솔깃했다. 그러나 호 씨가 반박을 했다.

"길게 보면 공부하는 게 나아."

"그 참. 아, 돈 벌어 와서 공부해도 되지. 안 그래?"

징 씨가 논리를 펴면서 성만에게 웃어 보였다. 호 씨가 고개를 흔들었다.

"때가 있어, 공부는. 때를 놓치면 절대로 못 해, 절대로. 나를 봐 나를. 성만아, 마음 굳게 먹어라. 굳게 먹고 악착같이 공부해라."

그러나 성만은 마음이 흔들렸다. 정 씨의 말에 마음이 끌렸다. 책을 제대로 들여다본 지도 이미 오래되었다. 열흘이 넘도록 한 과목도 제대로 공부를 하지 못했다. 유월이 되었으니 검정고시를 보는 팔월 초까지는 채 두 달도 남지 않았다. 이렇게 불안정하게 공부를 해서는 검정고시 합격은 물 건너간 거나 마찬가지라는 생각이 들었다. 그리고 무엇보다 공부에 슬슬 매력이 떨어지고 있었다. 사실 매력이 떨어졌다기보다 통 공부할 시간이 나지 않고, 그냥 흘려보내는 시간이 너무 아까웠다. 성만으로서는 뭔가 다른 길을 찾고 싶었다.

성만이 정 씨에게 물었다.

"중장비 운전을 배우려면 어떡해야 돼요?"

"학원 가면 되지."

"학원비는 얼마나 들까요?"

"글쎄. 한 칠팔만 원 할라나……."

"그 참, 왜 공부 열심히 하는 애를 헷갈리게 만들어."

중국집 호 씨가 영 못마땅한 얼굴로 정 씨를 나무랐다. 그러나 성만은 마음속으로 결심을 다졌다.

'그래, 외국에 한번 가 보자. 떼돈을 번다니까 돈을 많이 벌어 와서, 제대로 공부 좀 해 보자. 돈 걱정 없이, 먹고 자는 걱정 없이, 충분한 시간을 갖고 공부해서 대학 가면 되는 거 아냐. 그래, 그게 좋겠어. 중장비 운전을 꼭 배워야겠다.'

성만은 생각하면 할수록 중장비 운전을 배우면 일이 정말 잘될 것 같았다.

"제가 돈을 마련할 테니까, 아저씨가 학원 좀 소개해 주세요."

성만은 정 씨에게 부탁까지 했다. 그리고 지배인에게 계약금을 돌려받아야겠다고 마음먹었다. 계약금 십오만 원이면 운전 학원비 내고, 운전을 배울 동안 먹고살기 좀 빠듯하긴 해도 그럭저럭 버틸 수 있을 것 같았다. 성만은 새로운 꿈에 가슴이 부풀었다.

나음 날 저녁때였다. 지배인은 주방 앞에서 음식에 대해 주방

장과 이러쿵저러쿵 떠들고 있었다. 성만은 옆에 가만히 서서 기다렸다. 주방장과 대화가 끝나고 돌아서다가 지배인이 성만을 보았다. 지배인은 성만을 힐끔 쳐다보고는 홀로 걸어 나갔다.

"지배인님."

지배인이 영 귀찮다는 표정으로 성만을 보았다.

"할 말이 있습니다."

"뭔데? 바쁘다. 얼른 말해."

"계약금 돌려주십시오."

"뭐?"

지배인이 뜨악한 얼굴을 했다.

"저, 웨이터 그만둡니다. 계약금 돌려주십시오."

지배인이 픽 웃었다.

"야, 너 되게 웃긴다. 너 지금 코미디하냐?"

"코미디 아닙니다. 돌려주세요."

성만이 진지하게 대답했다. 그러자 지배인도 얼굴에서 웃음을 거두고 진지하게 말했다.

"너 뭐 잘못 먹었니? 쓸데없는 소리 하지 말고, 다들 바쁘잖아, 봐. 일이나 좀 도와라."

지배인은 휙 돌아서서 걸어갔다. 성만은 지배인의 태도를 이해할 수가 없었다. 성만은 빠른 걸음으로 지배인의 앞을 막아서면서 말했다.

"그만둘 때 돌려준다고 했잖습니까? 빨리 돌려주세요."

"뭐 어째?"

지배인이 화난 목소리로 말하면서 성만을 노려보았다. 성만은 날카로운 뱀눈으로 노려보는 지배인의 얼굴이 섬뜩했으나 마음을 다잡아 먹고 말했다.

"말씀하셨잖습니까, 계약금은 돌려주는 거라고."

"이……이게, 정말. 인마, 너 얼마나 됐냐? 이제 겨우 한 달이나 될까 말까 하잖아. 그리고 너 일했냐? 만날 놀고먹은 놈이. 어따 대고. 못 줘, 인마. 너 한 달 밥값하고 방값으로 계산해."

부드럽던 지배인이 아니었다. 표독스럽기 그지없는 얼굴로 막말을 마구 쏟아 놓았다. 성만으로서는 도저히 상상도 할 수 없던 상황이다. 돈을 돌려받지 못하면 모든 게 끝장이라는 생각, 한 달 동안 먹고 자고 했던 곳에서 쫓겨나 갈 곳이 없어진다는 막막함, 무시당하고 욕을 얻어먹었다는 모멸감 같은 것이 한꺼번에 겹쳐지면서 성만은 악이 받쳐 올랐다.

"돈 줘! 왜 남의 돈을 떼먹어요? 이건 사기야!"

성만이 주먹을 꽉 쥐고 지배인 앞으로 다가섰다. 성만의 핏발 선 눈을 보고 지배인이 실실 웃었다.

"헛 참, 같잖은 게. 야, 주먹 쥐고 덤벼들면 어쩔 건데? 어디 쳐봐라."

지배인이 픽픽 소리를 내어 웃으면서 두 손을 허리에 걸치고 똑바로 섰다. 다른 웨이터와 보조들이 빙 둘러섰다. 다들 재미있다는 표정으로 팔짱을 끼고 구경했다. 대호와 주철이 빙글빙글 웃는 모습도 보였다. 누구 하나 말리려는 사람은 없었다.

성만은 주먹을 부르르 떨었다. 마음 같아선 눈앞에서 웃고 있는 지배인의 얼굴을 한 방 제대로 먹이고 싶었으나, 간신히 참았다. 그 와중에도 지배인을 때리면 정말로 돈을 돌려받지 못하고 말 거라는 생각이 번개처럼 뇌리를 스쳤기 때문이다. 성만이 콧김을 쉭쉭 내뿜으며 서 있자, 지배인이 "비켜, 인마." 하고 성만의 어깨를 툭 밀고서 걸어갔다. 지배인은 마침 계단을 내려오는 사람에게 달려가 허리를 굽히면서 공손하고 부드러운 목소리로 말했다.

"어서 오십시오, 사장님. 기다리고 있었습니다."

지배인은 사장이란 사람과 함께 룸으로 들어갔다. 구경꾼도 다 흩어졌다. 성만은 닭 쫓던 개 지붕 쳐다보듯 멍하니 서 있었다. 사장과 지배인이 들어간 룸으로 술과 안주와 여자들이 들어갔다. 곧 즐거운 웃음소리가 터져 나왔다. 그중에 통쾌하게 웃어 젖히는 지배인의 웃음소리가 가장 크게 들렸다. 성만의 귀에는 그렇게 들렸다. 바로 룸으로 뛰어 들어가서 사생결단을 내고 싶은 마음도 들었으나 성만은 참았다. 그래서는 문제가 해결될 것 같지 않았다. 우선 한발 물러서서 상황을 좀 정리해 봐야 할 것 같았다.

성만은 계단을 올라갔다. 중국집 안을 들여다보니 손님이 몇 명 앉아 있었다. 주인 호 씨가 늘 앉아 있던 계산대 앞 의자가 비어 있었다.

'어디 가셨나?'

성만은 철물점으로 갔다. 철물점 정 씨는 혼자 앉아서 신문을 보고 있다가, 문이 열리는 소리를 듣고 "어서 오세요." 하고 일어섰다 도로 앉았다. 성만이 꾸벅 인사를 했다.

"웬일이냐 이 시간에? 일 안 하니?"

"안 해요."

성만은 심드렁하게 대꾸했다.

"너, 무슨 일 있구나. 그렇지?"

정 씨가 성만의 표정을 요리조리 살피며 물었다.

성만은 금방 있었던 일에 대한 이야기를 늘어놓기 시작했다. 지배인에게 당한 일을 말하자니 괜히 콧날이 시큰했다. 이야기를 다 듣고 난 정 씨가 입을 열었다.

"야, 계약금을 그렇게 많이 냈어? 너 돈이 많았구나."

"전 재산이었어요. 어떻게 하면 돌려받을까요?"

성만은 정 씨에게 도움을 받고 싶어서 물어보았다.

"글쎄. 웨이터 할 때 계약금이 있던가? 몰랐네."

정 씨는 고개를 갸웃했다.

"아저씨, 어떡하면 좋을까요? 뭐 좋은 방법이 없을까요?"

"글쎄. 돈 가진 사람이 안 주겠다는데 뭐 뾰족한 수가 있겠어?"

"……."

성만은 가슴이 답답했다. 정 씨는 별일 아니라는 얼굴로 신문을 다시 펴 들었다. 앞길이 막히느냐, 마느냐 하는 중대한 기로에 선 성만의 심정은 내 알 바 아니라는 정 씨의 천연덕스런 태도에 성만은 묘한 배신감까지 들었다. 중장비 운전을 배우라고 부추긴 사람이 정 씨 아닌가. 그 때문에 지배인에게 계약금을 돌려 달라고 말했고, 지배인에게 모진 욕까지 얻어먹은 것 아닌가. 지금 상황으로 봐서는 미소살롱에도 더 있기가 어려워질 판이었다. 성만은 정 씨가 야속하다는 생각이 들었다. 그래서 볼멘소리를 했다.

"아저씨가 중장비 운전 배우라고 했잖아요. 그래서 이렇게 됐다고요."

정 씨가 성만을 물끄러미 바라보았다.

"야, 그게 어째서 나 때문이냐? 별소리를 다 듣겠다."

정 씨가 쌀쌀맞게 말했다.

"더 할 얘기 없으면 가 봐라."

정 씨는 몸을 옆으로 돌려 앉으며 더 이상 성만을 상대 안 하겠다는 몸짓을 했다. 성만은 그런 정 씨를 가만히 바라보다가 몸을 홱 돌려서 인사도 하지 않고 나왔다.

"자식, 삐지긴. 쩟쩟."

뒤에서 정 씨가 혀 차는 소리가 들렸다. 성만은 다시 중국집으로 갔다. 아직 영업이 끝날 시간이 되지 않았다. 마음이 급하다고 남의 영업을 방해하고 싶지는 않았다. 성만은 살롱 앞에서 서성거리다가 계단을 급하게 올라오는 주철과 마주쳤다. 주철은 성만을 못 본 체했다. 지나가는 남자들을 주의 깊게 보면서 누가 과연 살롱으로 들어올 것인가를 점찍어 보기에 여념이 없다는 행동을 했다. 성만이 주철에게 말을 걸었다.

"사장이란 사람 아직 안에 있지?"

"응."

"언제 갈 것 같으냐?"

"뭐? 누가?"

"사장 말이야."

"내가 그걸 어떻게 아냐. 야, 귀찮다. 말시키지 마. 저리 가."

주철이 이마에 주름을 꽉 잡으며 소리쳤다. 성만은 주철이 말대로 저리 갔다. 길모퉁이에 물러서서 조용히 기다렸다. 사거리를 오가는 자동차를 구경하고, 종종걸음으로 다니는 사람들도 구경했다. 주철이 얼굴 가득 함박웃음을 웃으면서 손님을 모셔 들이는 것도 구경했다.

낯익은 살롱 아가씨가 대학생처럼 두꺼운 책을 가슴에 안고 걸어오다가 성만을 보았다. 성만이 아는 체를 하고 고개를 꾸벅하자 여자는 살짝 웃는 척 마는 척하며 재빨리 살롱으로 가는 지하계단 속으로 뛰어 들어갔다. 성만은 끈질기게 기다렸다. 사장이 술을 다 마시고 나오면, 사장에게 직접 말을 할 생각이었다. 지배인이 주지 않는다면 사장에게 받으면 된다고, 성만은 그렇게 각오를 다지고 있었다.

밤이 깊었다. 드디어 사장이 밖으로 나왔다. 지배인과 대호를 비롯한 웨이터들과 여자 둘이 따라 나와서 일제히 인사를 했다. 사장은 손을 흔들어 보이고 인도를 걸어갔다. 성만은 사장 뒤를 따라 걸었다. 사장은 집이 가까운지 차를 타지 않고 계속 걸었다. 오가는 사람이 너무 많아 성만은 잠자코 뒤를 따랐다. 사람들 많은 곳은 시끄러우므로 사람들이 좀 적은 골목길로 들어서면 조용히 얘기를 해 볼 작정이었다. 성만의 생각대로 사장은 곧 큰길에서 좁은 골목길로 들어섰다. 옳다, 됐다, 싶어서 성만은 빠른 속도로 사장을 따라잡았다. 성만은 손을 뻗어 사장의 어깨를 잡으면서 불렀다.

"사장님, 잠깐만요."

"뭐, 뭐야!"

사장이 소스라치게 놀라면서 획 돌아섰다. 앞에 우뚝 선 성만을 보고, 사장이 몸을 흠칫하며 물었다.

"다, 당신 누구야?"

가로등 불빛이 약한 탓에 어두컴컴해서 얼굴이 잘 보이지 않았다. 사장이 성만의 얼굴을 자세히 보려고 고개를 기웃했다.

"저, 미소살롱에서 일합니다. 고성만이라고……."

"뭐야? 미소살롱?"

사장이 마음이 놓이는지, 가슴을 쓸어내렸다. 그리고 가까이 얼굴을 디밀고 성만을 살펴보고 나서 말했다.

"너, 어린놈이잖아. 자식, 근데 왜 사람을 놀라게 만들어? 인마, 어두운 데서 갑자기 어깨를 잡으면 어떡하냐? 깜짝 놀랐잖아."

"죄송합니다."

"근데, 왜?"

사장이 까닭을 물었다. 성만은 지배인에게 계약금 준 것을 말했다. 이제 일을 그만두겠으니 돈을 돌려 달라는 것도 말했다. 사장은 성만의 말을 듣고 나서 딱 잘라 말했다.

"나는 모르는 일이다. 지배인한테 말햇!"

그리고 한 번만 더 그런 일로 자기를 찾아오면 가만두지 않는다고 엄포를 놓았다. 오늘은 순진하게도 바보 같은 짓을 했는데, 앞으로 또 밤에 이런 짓을 하면 '세상 무서운 맛'을 보여 주겠다고도 했다. 그런 다음 사장은 뒤도 돌아보지 않고 사라졌다. 성만은 멍하니 서서 사장의 뒷모습을 바라볼 수밖에 없었다.

다음 날, 영업이 끝난 새벽 한 시쯤이었다. 보조들이 청소하는 걸 도와주고 있는데, 지배인이 성만을 불렀다. 성만은 혹시나 하는 기대를 갖고 얼른 달려갔다. 어쩐 일인지 지배인은 성만을 반갑게 맞았다.

"요새 공부는 잘돼?"

성만은 생각해 주는 말이 고마워서 눈물이 날 지경이었다. 그래서 얼른 대답했다.

"잘 안돼요. 그래서 중장비 운전을 배우려고……."

"그래그래. 그건 그렇고 나하고 어디 좀 가자."

"어디를?"

그러나 지배인은 아무런 대답도 없이 계단을 올라갔다. 성만이 바짝 뒤따라가면서 어디 가느냐고 한 번 더 물었으나, 지배인은 묵묵히 앞장서서 걷기만 했다. 그래서 성만은 더 묻지를 못하고 그냥 지배인 뒤를 따라갔다.

큰길을 건너서 지배인이 간 곳은 산이었다. 큰길과 주택가 사이에 있는 조그만 야산. 언덕처럼 보이는 산이었지만, 들어서자 나무들이 불빛을 가려 컴컴했다. 멀리서 비쳐 오는 차도의 가로등이 희미하게 물체의 윤곽을 보여 줄 뿐이었다. 성만은 무심코 따라가다가 걸음을 멈추었다. 아무래도 낌새가 이상했다.

"지배인님."

성만이 나무들 사이로 더 들어가지 않고 뒷걸음질을 치며 지배인을 불렀다. 지배인이 돌아서더니 성만이 뒷걸음치는 걸 보고 소리쳤다.

"저 새끼 잡아!"

성만은 가슴이 덜컥 내려앉았다. 잽싸게 돌아서서 밝은 곳을 바라보고 뛰려는데, 시커먼 물체가 앞을 떡 가로막았다.

"어딜 가시려고?"

험상궂게 생긴 덩치가 실실 웃으며 말했다. 그리고 사방에서 시커먼 물체가 불쑥불쑥 나타났다. 지배인까지 다섯 명이었다. 성만은 다리가 후들거렸다. 성만이 지배인의 얼굴을 찾았다. 그리고 물었다.

"왜, 왜 그래요?"

"너, 이 새끼. 사장한테 까발렸다며? 내가 사장한테 혼나면서 쪽팔려 죽는 줄 알았다. 애들아, 이 새끼 정신 좀 차리게 해 줘라."

"옛."

덩치들이 기합 소리와 함께 성만을 덮쳤다. 주먹이 아랫배로 들어왔다. 곧이어 발이 허벅지를 걷어찼다. 성만은 숨이 막히는 듯한 아픔에 "헉!" 소리를 지르며 흙바닥에 뒹굴었다. 팔과 다리를 놀려 막기도 하고 치기도 해 보았으나 역부족이었다. 일방적으로 온몸을 두드려 맞았다. 정신이 가물거리는데, 아득한 꿈결처럼 소리가 들렸다.

"됐어. 그만하면 알겠지. 가자."

터벅거리는 발소리와 웅성거리는 소리가 멀어져 갔다. 성만도 까마득한 어둠 속으로 들어가며 정신을 잃었다.

허리가 끊어질 듯이 아파서 몸을 뒤치려는데, 누가 어깨를 눌렀다. 너무 고통스러워서 "악!" 하는 비명을 지르며 성만은 눈을 번쩍 떴다.

"정신이 드냐? 어이구 참, 쩟쩟."

가물가물 나타나는 얼굴은 대호였다. 옆에는 주철도 있었다.

"그러게 왜 사장한테 꼬나바치냐그래."

주철이 성만을 나무랐다. 지배인이 성만을 개 패듯 두드려 패 놓고는 대호와 주철에게 데려가라고 했단다. 대호와 주철은 성만이 안되어 보였는지 곰살맞게 간호를 해 주었다. 그래도 한방에서 지낸 정은 있는 모양이었다. 방에 드나드는 여자들도 성만을 안타까워하면서 잘 돌봐 주었다.

사람 때리는 데 전문가들이어선지 몰라도, 성만의 몸에서 부러진 뼈는 없었다. 곳곳에 피멍만 남긴 채 성만은 이틀 만에 거뜬하게 일어났다.

그날 밤, 대호가 성만에게 말했다.

"너는 이런 곳에 있을 놈이 못 돼. 하루라도 빨리 떠나는 게 좋겠다."

말하는 표정과 몸짓에 진정이 어려 있다는 걸 성만은 느꼈다.

"하지만 돈이 없어요. 계약금이라도 돌려받아야 뭘 해 볼 텐데……."

"그건 물 건너갔다. 그 돈 받으려다가는 너 죽는다."

주철이 끼어들었다.

"죽기는 인마."

대호가 주철에게 눈을 흘겼다. 그러고는 성만을 자기만큼 생각해 주는 사람도 없다는 양 정이 뚝뚝 떨어지는 목소리로 말했다.

"그래, 죽지는 않더라도 병신 될지도 몰라. 그러니 얼른 여기를 뜨는 게 좋겠다. 아니면 열심히 보조라도 해서 돈을 벌든지."

"……."

성만은 대답하지 않았다. 대답 대신 어금니를 꽉 물었다. 그리고 속으로 생각했다.

'그 돈이 어떤 돈인데. 몇 달 동안 새벽부터 밤까지 죽도록 고생해서 번 돈이라고. 절대로 포기할 수 없어.'

기운을 차린 성만이 다시 지배인을 찾았다. 가게 문을 열 준비로 바쁜 오후였다. 지배인은 좀 미안했는지, 웃는 얼굴로 성만을 맞았다. 성만은 웃지 않았다. 그리고 퉁명스럽게 말했다.

"내 돈 돌려주세요."

지배인이 가소롭다는 표정으로 성만을 노려보았다. 성만은 지배인의 날카로운 눈을 그대로 맞받으며 또박또박 말했다.

"내 돈 줘요."

"으아, 진짜 환장하겠다."

지배인이 입술을 푸륵 털면서 김빠진 목소리로 말했다.

"나는 환장이 아니라 미칩니다. 빨리 돈 줘요."

성만은 식식거리며 고함을 질렀다.

둘이 실랑이를 벌이는 둘레로 사람들이 모여들었다. 다들 안타까운 얼굴로 성만을 보고 섰는데, 밖에 나갔다 들어온 내호가 성만의 팔을 잡아당겼다. 대호는 지배인의 눈치를 보면서 성만에게 말했다.

"너 또 왜 그래? 일하자. 일해서 돈 벌면 되잖냐."

"놔요."

성만이 대호의 손을 뿌리쳤다.

"내 돈 내놓으란 말이야. 시펄, 돈 내놔."

성만은 울고 싶자 누가 때리더라고, 대호가 말리자 온갖 설움과 복받쳐 오르는 감정을 추스르지 못하고 소리쳤다. 순간 지배인의 주먹이 허공을 갈랐다. 주먹은 정확하게 성만의 왼쪽 뺨을 가격했고, 성만은 흑 소리를 내며 비틀거렸다. 성만은 언젠가, 네 홉들이 소주를 병나발 불었을 때와 비슷한 어지러움을 느꼈다. 지배인의 주먹은 매서웠다. 무너지려는 몸을 성만은 간신히 일으켜 세웠다. 그리고 온몸의 힘을 눈으로 모아 지배인을 노려보며 외쳤다.

"난 어차피 그 돈이 없으면 죽어. 그러니 그 돈을 주든지 죽이든지 하라고."

"이 자식이 정말……."

지배인의 발이 날아왔다. 뾰족한 구두 끝이 성만의 아랫배에 꽂혔다. 성만은 썩은 나무토막처럼 풀썩 주저앉았다. 성만은 한참 동안 허리를 펴지 못했다. 엄청난 아픔이 아랫배에서 시작해 온몸을 바들바들 떨게 만들었다. 숨도 잘 쉬어지지 않았다.

'아, 이러다가 정말 죽는 것인가?'

성만은 절망적인 공포를 느꼈다. 그냥 꿇어앉아 사정을 해 볼까 하는 마음이 일었다. 제발 돈 좀 달라고, 다 안 되면 반이라도 달라고, 그렇게 지배인의 다리를 붙잡고 빌고도 싶었다. 그러나 성만은 이를 악물었다. 다리를 붙잡고 빌 수는 없었다. 왜냐하면 잘못은 지배인이 하고 있기 때문이었다. 성만은 잘못도 없는 자신이 결코 빌 수는 없다고 생각했다.

성만은 비틀거리며 일어섰다. 흔들리는 성만을 주철이 부축해 주었다.

성만의 눈에 핏발이 섰다. 핏발 선 눈으로 지배인을 똑바로 보면서 소리쳤다.

"내…… 돈, 달란 말이야."

"성만아, 그만해."

주철이 성만의 몸을 흔들며 말렸다. 지배인이 얼굴에 주름을 잔뜩 모으며 똥 씹은 표정을 짓더니 신음하듯 내뱉었다.

"이씨, 찰거머리 같은 놈!"

말과 함께 지배인이 성만을 확 떠다밀었다. 성만이 비틀거리다 넘어졌다. 잡아 주던 주철도 중심을 잃고 함께 넘어졌다. 지배인이 급하게 자리를 피해 나가려는 것을 성만이 잡았다. 바짓가랑이를 잡힌 지배인이 다리를 빼려고 발을 흔들었다.

"아이씨, 진짜 창피하게."

성만은 두 손으로 악착같이 잡고 놓지 않았다.

"안 돼. 못 가. 돈 주고 가."

"이 새끼 좀 떼어 내."

지배인이 버럭 소리를 질렀다. 대호와 주철, 그리고 다른 보조들이 달려와 성만을 떼어 내려고 당겼다. 그러나 성만은 죽기 살기로 버텼다. 지배인이 바지춤을 꽉 잡았으나, 바지가 벗겨지려고 했다.

"야, 야. 놔. 놔 인마!"

지배인이 단말마 소리를 질렀다.

"알았어. 알았다고, 새끼야. 줄게, 준다. 더러워서 준다. 야."

지배인이 지갑을 꺼내 돈을 셌다. 그리고 지폐를 성만에게 확 뿌렸다. 돈이 떨어지는 걸 보고 성만은 지배인의 바지를 놓았다. 지배인은 몸을 빼내 재빨리 입구로 가면서 말했다.

"십만 원은 숙식비다. 너 한 달이 넘게 한 일이 아무것도 없잖아. 이제 또 돈타령하면 넌 죽는다."

지배인은 문 너머로 사라져 버렸다. 주철이 돈을 주워서 성만에게 건네주었다. 성만은 돈을 받아 들고 방으로 돌아와 자리에 누웠다. 바깥은 시끄러운 말소리와 분주하게 오가는 발소리로 가득했다. 방에 홀로 누운 성만은 늘 그래 왔으면서도 심한 소외감을 느꼈다. 막막한 어둠. 가뭇없이 가라앉아 가는 몸. 마치 몸이 방바닥 속으로, 땅속으로 꺼져 들어가는 듯한 절망감. 요 몇 해

살아오면서 숱하게 겪은 절망감이지만, 지금 이 순간 성만은 참으로 아득하고 두려웠다. 자기 연민의 감정을 주체하기 어려워 속으로 울음을 울었다. 그러자 갑자기 지하실의 퀴퀴한 냄새가 못 견디게 싫어졌다. 잠시라도 더 있다가는 숨이 막혀 죽을 것 같았다. 성만은 벌떡 일어나 가방을 챙겼다.

고속버스 터미널, 마포대교, 그 순간들

책가방 하나, 옷 가방 하나, 양쪽 어깨에 가방 한 개씩 둘러메고 성만은 미소살롱을 나섰다. 배웅하는 사람도 없었고, 성만으로서는 인사할 사람도 없었다. 뚜벅뚜벅 계단을 올라와 지상에 나섰다. 늦은 오후의 햇살이 눈부셨다. 길에는 사람들이 긴 그림자를 끌고 바쁘게 오갔다. 성만은 잠시 갈 길을 몰라 길모퉁이에 우두커니 섰다. 성만의 긴 그림자도 건물 때문에 반이 꺾인 채 우두커니 섰다.

'어디로 가지? 어떡하지?'

성만은 스스로에게 물어봤으나 얼른 대답이 나오지 않았다. 한참 뒤, 성만의 머릿속에 들어앉은 누군가가 말했다.

"이제 그만 집으로 가지?"

성만은 그 말을 듣자, 어머니 얼굴이 떠올랐다. 어머니 치마에서 나던 밥 냄새, 김치 냄새, 매캐한 짚불 냄새가 뒤섞여 풍겨 왔다. 그리웠다. 한번 생각나자 못 견디게 어머니가 그리웠다. 성만이 바라보는 허공에서 어머니는 환하게 웃는 얼굴로 성만에게 손짓을 했다. 성만은 조그맣게 어머니를 불러 보았다. 순간, 아버지의 화난 얼굴과 실망하는 얼굴이 어머니 옆에 나타나려고 했으나 성만은 애써 그 영상을 지웠다. 성만은 버스를 탔다. 고속버스 터미널로 가는 시내버스였다.

고속버스 터미널에 도착하자마자 벽에 걸린 커다란 원형 시계를 보았다. 오후 여섯 시. 성만은 매표소로 곧장 걸어가서 표를 샀다. 여섯 시 오십 분 표, 아직 오십 분이 남았다. 대합실에 가서 앉았다. 한 삼 분 앉았는데, 지루했다. 공중전화가 눈에 들어왔다.

'그래, 정탁이한테 말은 해야지.'

성만은 전화를 걸었다.

"여보세요."

수화기 속에서 주인 남자의 목소리가 들려왔다.

"정탁이 형인데, 정탁이 좀 바꿔 주십시오."

성만은 공손하고 예의 바른 목소리로 말했다. 주인 남자가 좀 귀찮다는 말투로 "잠깐만요." 하더니, 수화기 저쪽에서 좀 작은 소리로 "정탁이 학생." 하고 두어 번 부르고는, "정탁이 학생 지금 없는데요. 아직 학원에서 안 왔나 봐요." 하고 말했다.

"예, 그럼. 정탁이 오면 좀 전해 주십시오. 저 고성만은 시골로 내려간다더라고……."

주인 남자는 알았다고 짤막하게 대답하고 전화를 뚝 끊었다. 성만은 공중전화에서 물러나, 다시 대합실에 가서 앉으려다 사방을 둘러보았다. 멀리 약국이 보였다. 성만은 주머니에 든 돈을 가늠해 보았다. 그리고 생각했다.

'그래, 빈손으로 집에 갈 수는 없지. 어머니하고 아버지 영양제라도 사 가자.'

성만은 빠른 걸음으로 약국에 갔다. 오천 원짜리 영양제 두 통을 사서 가방에 넣었다. 약사는 "공부하는 학생인가 본데, 효자일세. 용돈을 모았나, 부모님 영양제를 다 사고." 하면서 칭찬을 했다. 성만은 쑥스럽다는 듯 웃어 주고, 대합실 의자로 돌아왔다. 의자에 앉아서 다시 지루하게 시간을 보내고 있는데, 청년 셋이 들어와 앉거니 서거니 하며 수런수런 떠들었다. 스물대여섯쯤 되어 보이는 청년들이 꽤 큰 소리로 떠들었기 때문에 성만은 그 말을 안 들을 수가 없었다.

"그래, 다섯 놈이 다 오죠?"

키는 작은데 어깨가 떡 벌어지고, 온몸이 근육질 덩어리로 보이는 청년이 물었다.

"당연히 다 오죠. 같이 나갔으니까."

키가 크고 둥글둥글한 얼굴에 마음씨가 너그러워 보이는 청년이 웃으며 대답했다. 그러나 키 작고 똥똥한 근육질 청년은 웃지도 않고 말했다.

"그놈들이 가방 공장에 있었던 것 맞죠?"

"그렇대요."

세 청년 중 가장 깡마르고 검은 뿔테 안경까지 쓴 청년이 대답했다.

"자식들, 오기만 해 봐라."

근육질 청년이 입을 앙다물고, 화가 난 목소리로 멀리 출입문을 보면서 말했다. 다른 두 청년도 출입문을 주의 깊게 바라보았다. 성만은 청년들의 태도와 대화에 부쩍 호기심이 생겨서 세 청년의 눈길을 따라 출입문을 보았다.

잠시 뒤, 출입문에서 한 떼의 청년들이 나타났다. 아니다. 맨 앞에 선 사람만 청년이고, 뒤에 따르는 다섯 명은 고등학생쯤으로 보이는 앳된 얼굴이었다. 대합실의 세 청년이 동시에 벌떡 일어섰다. 맨 앞에서 출입문을 밀고 들어온 청년이 환하게 웃으면서 세 청년에게 다가왔다. 뒤에 따르는 고등학생들은 도살장에 끌려가는 소가 뒷발질을 하듯이 버티고 쭈뼛거렸다. 세 청년도 마주 가는가 싶었는데, "야, 너 이 새끼!" 하는 벼락같은 소리를 내지르며 내달리는 사람이 있었다. 똥똥한 근육질 청년이었다.

—빠악!

근육질 청년의 단단한 손바닥이 한 고등학생의 뺨을 갈겼다. 뺨을 맞은 고등학생이 얼굴을 감싸 쥐면서 고개를 숙였다. 똥똥하고 다부진 체격의 그 고등학생은 얼핏 봐도 근육질 청년과 닮아 있었다.

"이 나쁜 놈!"

근육질 청년은 소리 지르며 고개 숙인 학생의 뒤통수를 또 손바닥으로 갈겼다. 맞은 학생은 뒤통수를 감싸 쥐면서 한 걸음 옆으로 달아났다. 따라가면서 또 주먹을 든 근육질 청년을 학생들을 데리고 온 청년이 막아섰다.

"그만하시죠. 얘들도 고생이 많았어요. 불쌍해요."

근육질 청년은 못 이기는 척, 주먹을 거두었다. 그러나 분이 풀리지 않는지 똥똥한 학생을 불러서 말했다.

"인마, 거기 무릎 꿇고 앉아. 내가 너 때문에 고생한 거 생각하면……. 어이구, 이 자식!"

근육질 청년은 가슴을 쳤고, 똥똥한 학생은 무릎을 꿇고 앉았다. 다른 네 명의 학생은 숙제 안 해서 선생님 앞에 끌려 나온 애들처럼 고개를 푹 숙이고 섰다. 근육질 청년이 욕설인지 훈계인지 모를 말을 늘어놓았다.

"어, 그러니까 이놈들아, 세상이 얼마나 무서운 덴 줄 아냐? 인마, 네놈들이 돈을 벌기는 뭘 벌어. 대가리에 피도 안 마른 놈들이. 서울이 어딘 줄 알아? 눈 뜨고도 코 베어 가는 데야. 이놈들아, 이 순진한 놈들아. 뭐? 돈 벌어서 공부하겠다고? 지나가는 참새가 웃겠다. 기가 막혀서 말이 안 나온다, 이놈들아!"

"저, 현동이 형님. 지들도 고생을 제대로 해 봤으니까, 이제 객지가 무섭다는 걸 알았겠죠. 현동이 그만 일어나라고 하시죠."

얼굴 둥글둥글한 청년이 말했다. 그리고 무릎 꿇고 있는 학생을 보고 "그만 일어나라."고 말했다. 깡마른 청년은 우유와 빵을 사 왔다. 학생들을 데리고 온 청년은 표를 사러 갔다. 그들이 우유와 빵을 먹으면서 나누는 토막 이야기를 종합해 보면 이렇다.

고등학교 2학년 한 반 친구들인 다섯 명이 작당을 해서 서울로 가출을 한 것이었다. 주동은 현동이라는 학생인데 집에 남긴 편지에, "돈 벌어서 공부도 하고 성공해서 돌아오겠다."라고 썼단다. 가출생들이 묵은 곳은 가방 공장이었다. 서울 변두리에 있는 공장에서, 하루에 꼬박 열네다섯 시간을 일했다고 한다. 가죽 먼지를 먹어 가면서, 거의 반 감금 상태에서 노역을 당했다는 것이다. 그런데 마침 가출생 중 한 명의 사촌 형이 서울에서 경찰을 하고 있었다. 그 사촌 형이 백방으로 수소문을 해서 가출생들을 찾아내었다. 그 사촌 형은 조금 전 애들을 데리고 나타난 청년이었다. 그 형들이 동생들을 넘겨받아 시골집으로 데려가려고 이렇게 터미널에서 만나는 중이었다.

"다시는 허튼 생각들 마라. 철없는 것들."

경찰인 청년이 말했다. 옆에서 지켜보던 성만은, 마치 자기에게 하는 말인가 싶었다.

'아버지는 나를 보고 뭐라고 하실까? 이 철없는 녀석이라고 하실까? 아니면 이 줏대 없는 녀석이라고 하실까? 아니면 말없이 그냥 바라보기만 하실까?'

성만은 불현듯 아버지의 말이 떠올랐다. "한번 마음묵었으마 끝까지 해 봐야제." 하던 그 말. 성만은 가슴에서 배로 뭔가 날카로운 것이 지나가면서 긁어 대는 듯한 아픔을 느꼈다. 성만은 고개를 숙이고 두 손으로 머리를 감쌌다. 갈피가 잡히지 않았다.

'어떡하지? 이대로 집으로 가는 게 옳은 일일까? 잘 생각한 것일까?'

성만은 시계를 보았다. 여섯 시 사십 분. 상주행 버스가 들어왔다. 사람들이 하나둘씩 움직이기 시작했다. 뺨을 맞은 현동도, 같이 가출한 친구들도, 근육질 청년과 다른 청년들도 승강장으로 나가고 있었다. 현동과 가출생들은 벌써 기분이 풀려 저희끼리 웃으며 떠들었다. 그런 애들을 보자니 성만은 픽 웃음이 나왔다. 그리고 정말 철없는 놈들이란 생각이 들었다.

'그럼 나는?'

성만은 자신을 돌아보았다. 하나 나을 게 없었다. 철이 없기는 마찬가지였다.

'이렇게 떠밀려 시골로 되돌아간다면, 저 가출생들과 내가 다를 게 무엇일까?'

성만은 손에 든 버스표를 물끄러미 내려다보았다. 잠깐 표를 바라보던 성만은 갑자기 돌아서서 뛰었다. 곧장 매표소로 가 창구 안으로 버스표를 들이밀었다.

"표 물러 주세요."

어둑한 가로등 밑에서, 성만은 발간빛이 비쳐 나오는 정탁의 방 창문에 굵은 모래를 골라 던졌다.

—쨍, 쨍.

두어 번 던지자, 정탁이 창문을 열고 내다보았다.

"나다."

성만이 말하자, 정탁의 눈이 황소 눈만큼 커졌다. "대문으로 와." 정탁이 낮은 소리로 속삭였다. 성만은 골목을 돌아서 대문 앞으로 갔다. 정탁이 문을 열어 주었다. 성만이 집 안으로 들어선 뒤, 정탁은 안채에 들리지 않게 소리 죽여 가만히 문을 닫았다. 방 안에 들어서자마자 정탁이 놀란 눈으로 물었다.

"어떻게 된 거야? 이 밤중에. 시골 내려간댔다며?"

"마음이 바뀌었어. 그만뒀다. 살롱도."

"왜? 얼굴에 상처는 또 뭐야?"

정탁이 사뭇 의심스런 눈초리로 성만을 보았다.

"싸웠어?"

"싸우긴. 그냥 다친 거야. 그리고 살롱은 도저히 공부를 못 할 곳이야. 그래서 그만둬 버렸어."

"그래? 그럼 앞으로 어떡할 건데?"

"어떡하긴. 여기서 너하고 같이 살아야지."

"……."

정탁이 대답 없이 얼굴을 찌푸렸다. 성만이 그런 정탁의 어깨를 툭 쳤다.

"걱정 마라. 내일 내가 주인아저씨한테 잘 말해 볼게."

"될까?"

"설마 또 내쫓겠어?"

둘은 방바닥에 누워 시시덕거리다가 잠이 들었다.

아침이 되었다. 성만은 "설마 또 내쫓겠어?" 했지만, 그 설마는 설마가 아니라 진짜였다. 성만을 보는 주인 남자의 시선은 여전히 곱지 않았다. 더구나 피멍까지 든 얼굴을 보고는 '그럼 그렇지. 쌈박질이나 하고 다니는 게 뻔해.' 하는 눈빛이더니, 성만이 시험 볼 동안만 있겠다고 하는 말은 들은 체도 않고 정탁만 방으로 데리고 들어갔다.

"역시 안 된대."

주인 방에서 나온 정탁이 말했다. 전처럼 하루나 이틀 안에 묵을 곳을 찾아 나가라고 했단다. 순간 성만은 울화통이 치밀어, 주인 남자에게 대고 욕이라도 한 바가지 퍼붓고 싶었다. 그러나 성만은 참았다. 정탁이 세 들어 사는 집이 아닌가. 화가 나서 거칠게 숨을 내뱉는 성만을 보고 정탁이 한숨을 푹 내쉬었다. 그러다 문득 생각났다는 듯 물었다.

"시험은 언제야?"

"팔월 이 일."

"그럼 겨우 한 달 좀 더 남았네. 어때, 합격할 수 있겠어?"

"글쎄. 지금부터라도 집중해서 한다면 자신은 있지."

"……."

"……."

둘 다 말없이 방바닥만 내려다보고 멍하니 앉아 있었다. 한참 뒤, 정탁이 불쑥 말했다.

"에이, 짜증나는데, 영화나 보러 갈까?"

"영화?"

성만은 의아한 얼굴로 정탁을 바라보았다. 정탁이 피식 웃으며 대답했다.

"난 가끔 영화 봐. 저기 우리 학원 옆에 '동시 상영 극장'이 있어. 영화 두 편을 한꺼번에 볼 수 있는데, 되게 싸. 화면에 비가 오기는 하지만."

"그래? 재미있어?"

"응. 서부영화 할 때 몇 번 봤어. 지금은 그거 하던데, 〈석양의 건맨〉이라고. 내가 꼭 보고 싶었던 거야. 갈까?"

"그럴까?"

성만은 좀 떨떠름하게 대답했다. 지금이 영화나 보면서 놀 때인가 하는 생각이 들었기 때문이다. 그런 성만의 마음을 눈치채고 정탁이 말했다.

"머릿속이 복잡할 땐 영화 보는 게 최고야."

둘은 극장으로 갔다. 극장은 성만이 생각하던 것보다 컸다. 객석은 어림잡아도 이백에서 삼백 명은 충분히 앉을 만큼 넓었다. 영화는 두 편 동시 상영이었는데, 정탁의 말대로 〈석양의 건맨〉을 하고 있었고, 한 편은 〈라스트 콘서트〉였다.

〈석양의 건맨〉은 신나게 말달리고, 총을 쏴 대고, 여자들과 술 먹는 장면이 쉼 없이 이어졌다. 영화가 끝났다. 쉬는 시간에 정탁이 말했다.

"그냥 나갈까? 저건 별로 재미없을 것 같아."

정탁이 〈라스트 콘서트〉 포스터를 가리키면서 말했다. 젊은 여자 하나가 바닷가 길에 앉아 있고, 나이가 꽤 들어 보이는 남자가 바바리코트 자락을 바람에 날리면서 서 있었다. 남자는 어깨에 기타를 메고 있었다. 정탁이 다시 말했다.

"저런 거 보면 시간만 아깝지."

"야, 그래도 들어왔으니까 보자. 돈 아깝잖아."

성만이 우겨서 영화를 보게 되었다. 줄거리는 몹시 단순했는데, 성만은 그만 눈물을 흘리고 말았다. 주제가인 〈스텔라를 위한 협주곡〉의 쓸쓸하면서도 감미로운 리듬 때문이기도 했지만, 성만은 마치 자신이 영화 속 주인공이 된 듯한 느낌이 들었다. 백혈병을 앓으면서 부모도 없이 떠도는 여자 주인공도 그렇고, 아무도 알아주지 않는 음악 연주를 하다 나이만 들어 버린 남자 주인공도 그랬다. 성만은 지금껏 서울살이에서 당한 몇몇 설움이 한꺼번에 복받쳤다. 옆에 앉은 정탁이 눈치챌까 봐 몰래몰래 눈물을 닦느라 성만은 애를 먹었다.

영화는 마치 뮤직비디오처럼 주제가가 자주 흘러나왔다. 어느새 곡조가 입에 붙어 저절로 흥얼거리게 되었다. 성만과 정탁은 "라라라, 라라—."를 흥얼대면서 골목길을 걸었다. 별다른 계획이 있을 수 없어서 무심코 집으로 가는 길을 걸었다.

갑자기 정탁이 길 가운데 우뚝 서서 말했다.

"야, 저기 한번 가 볼래?"

"뭔데? 어디?"

성만이 궁금한 표정으로 정탁을 보았다.

"저기, 저 독서실 말이야."

성만은 정탁이 가리키는 건물을 보았다. 하얀 벽돌로 쌓아 만든 삼 층짜리 건물인데, 정탁이 가리킨 이 층 간판에는 '아현독서실'이라는 글자가 써 있었다.

"간판 밑에 잘 봐. '24시간 사용 가능'이라고 써 있잖아."

"독서실? 저게 뭐 하는 데야? 24시간 가능이면 잠도 잘 수 있다는 거잖아?"

"그러게? 한번 가 보자."

성만과 정탁은 잔뜩 기대를 하면서 독서실로 올라갔다. 아현독서실은 정탁이 다니는 입시 학원인 '등용문학원' 바로 옆에 있었다. 독서실 주인은 뚱뚱한 아저씨였다.

주인이 퉁명스럽게 말했다.

"두 자리는 없는데. 하나밖에 없어."

"하나면 돼요……."

대답하면서 성만과 정탁은 독서실을 빙 둘러보았다. 칸칸이 막은 책상 하나에 한 명씩 앉아서 책을 볼 수 있게 되어 있었다. 성만이 대뜸 물었다.

"잠도 잘 수 있지요?"

"마음대로. 그런데 코를 심하게 골면 안 돼. 다른 사람 공부하는 데 방해가 되니까."

뚱뚱한 독서실 주인이 말했다. 성만은 그런 독서실 주인이 세상에서 가장 마음씨가 좋아 보였다. 성만은 속으로 땅을 치고 후회를 했다. 왜 진작 이 독서실을 발견하지 못했던가? 진작 알았더라면, 돈도 뺏기지 않고 긴 시간을 낭비하지도 않았을 텐데. 성만은 지나간 날이 생각할수록 아까웠다. 그러나 쏟아진 물을 주워 담을 수는 없는 일이었다. 빨리 잊어버리는 게 나았다.

독서실비는 한 달에 만오천 원이었다. 성만의 수중에 삼만 원 정도 있었으므로 두 달치를 한꺼번에 내 버렸다. 두 달 뒤의 일은 그때 가서 생각하기로 했다.

오랜만에 만났고 일이 잘 풀린 기념으로 정탁이 통닭을 사겠다고 했다. 성만이 말렸다.

“야, 네가 돈이 어디 있어?”

“사흘 전에 형수님이 돈을 보냈어. 통닭 한 마리는 사 먹을 수 있지.”

둘은 통닭집에 가서, 생맥주 오백 시시 한 잔씩과 통닭 한 마리를 먹었다. 정탁은 아깝다면서, 닭 뼈까지 남김없이 오드득오드득 다 씹어 먹었다.

그날 저녁, 성만은 독서실에 공부할 책만 가지고 갔다. 그리고 공부하다가 잠들었다.

성만은 독서실에서 책상과 책상 사이 좁은 공간에 담요를 깔고 잤다. 자다가 몸을 뒤치기라도 할라 치면 책상다리에 코를 박기도 하고 정강이뼈를 부딪쳐서 깜짝 놀라 깨기 일쑤였다. 그리고 자다가 해 뜰 무렵에 일어나 정탁에게 아침을 먹으러 다녔다. 뒷골목에서 팥알 같은 모래 알갱이로 정탁의 방 창문을 맞히면, 그 소리를 듣고 정탁이 대문을 열어 주었다.

정탁은 밥을 잘했다. 반찬도 몇 가지 만들 줄 알았다. 도시락도 두 개 더 준비해서 세 개를 쌌다. 아침을 같이 먹고 정탁은 점심 도시락 한 개, 성만은 점심과 저녁 도시락 두 개를 들고 학원과 독서실로 갔다. 독서실에서 공부를 하다가 점심 도시락을 먹고,

가끔 성만은 정탁이 다니는 학원으로 갔다. 정탁은 점심시간에도 쉬지 않고 공부를 했다.

"좀 쉬엄쉬엄해라. 머리에 쥐나겠다."

"형이 힘들게 번 돈을 보내 주는데, 어떻게 쉬냐."

"그렇긴 하다만, 머리도 쉬어 줘야 잘 돌아가는 거야."

결국 성만이 찾아간 날은 정탁도 점심시간 공부를 쉬었다. 둘은 학원 옥상으로 올라갔다. 햇빛이 강렬했다. 초여름의 햇살을 받으며 둘은 힘을 겨루었다. 팔씨름, 다리씨름, 상대방 중심 무너뜨리기 따위를 땀을 삘삘 흘리며 쉬지도 않고 했다. 완전히 녹초가 되어 다리가 풀릴 때까지 했다. 하지만 그늘에 주저앉아 잠시만 쉬면 곧 원상회복되었다. 그렇게 가끔 점심시간에 만나서 하는 '힘겨루기'는 공부하느라 쌓인 피로를 풀어 주는 회복제와 같았다.

드물게 저녁때에도 성만이 정탁을 찾아가는 일이 있었다. 공부가 지겨워서 통 안될 때 바람이라도 쐴 겸 가는 것이었다. 독서실에서 정탁에게 가는 길에는 분식집이 여럿 있었다. 성만은 그 길을 지나가는 것이 무엇보다 큰 고역이었다. 고소한 튀김 냄새와 김이 설설 오르는 찐빵과 만두는 정신을 몽롱하게 만들 정도였다. 그러나 성만에게 그런 것을 사 먹을 여유는 없었다. 애써 외면하고 지나가면서 성만은 마음속으로 결심을 다졌다. '나중에 돈 벌면 배 터지게 사 먹으리라.' 하고.

저녁때 성만이 찾아가면 정탁은 대환영이었다. 핑계 김에 공부를 쉴 수 있었기 때문이다. 스스로 공부 계획을 짜 놓았고, 의무적으로 해야 하는 공부지만 틈만 나면 쉬고 싶은 것이 사람 마음인 것이다. 저녁에 둘이 만나면 누가 먼저랄 것도 없이 밖으로 뛰어나갔다. 골목길을 뛰어 마포경찰서 앞 큰길을 건너 경서중학교 운동장으로 갔다. 운동장을 뛰다가 걷다가, 철봉에 매달려 돌다가, 그네를 타다가, 씨름판에서 씨름을 하다가, 가끔은 맨주먹으로 권투를 하기도 했다. 그러다 지치면 운동장 한가운데 네 활개를 펴고 드러누워 하늘을 보았다. 밤바람이 땀을 실어 가면서 시원하게 만들어 주면, 절로 크게 숨이 쉬어졌다. 누워서 땀을 식히다가 정탁이 말했다.

"너, 검정고시 꼭 합격해라. 대학 시험 같이 보자."

"걱정 마라. 난 한다면 한다."

성만이 대답했다. 둘은 팔을 들어 손을 마주 잡고 흔들었다.

성만은 마음을 다부지게 먹고 책에 파고들었다. 밥 먹는 시간, 똥오줌 누는 시간, 가끔 정탁을 만나 노는 시간을 빼곤 오로지 공부에 매달렸다. 잠자는 시간도 줄였다. 많이 자야 네 시간이었다. 어떤 날 밤에는 꿈에서도 공부를 했다.

성만이 자주 드나들자, 아무래도 정탁네 집주인 남자와 여러 번 부딪치게 되었다. 그런데 주인 남자의 태도가 조금씩 바뀌었다. 쾌활하게 인사를 하는 성만이 낯이 익어서 그런지 처음보다 한결 부드러운 얼굴로 성만을 대했다. 가끔 성만이 정탁의 방에서 자고 가도 별말이 없었다. 마침내 집주인 남자가 정탁에게 이런 말까지 하게 되었다. "그 녀석, 검정고시 합격하면 집에 같이 있어도 좋다." 라고. 그 말을 전해 듣고, 성만은 하마터면 영양제를 집주인 남자에게 줄 뻔했다. 고속버스 터미널에서 속울음을 쏟으면서 샀던 영양제. 아버지 어머니 드리려고 사서 고이 간직하고 있던 그 영양제를!

어느덧 팔월 이 일이 되었다. 성만은 시험을 보러 갔다. 머리가 하얀 할아버지 할머니들, 배가 나오고 몸이 불어나기 시작한 아주머니 아저씨들, 성만과 같은 젊은이들, 공민학교를 졸업한 학생들, 온갖 사람들이 시험장에 모였다. 어떤 사람은 열 번째 시험을 본다고도 했다. 칠 년째 한두 과목씩 차근차근 합격을 해서, 이제 영어 과목만 합격하면 된다는 아주머니도 있었다. 성만은 자신만만했다. 반드시 전 과목을 단번에 합격할 자신이 있었다.

그날 저녁, 정탁이 또 통닭을 한 마리 샀다. 뼈까지 씹어 먹으면서 정탁이 말했다.

"합격할 자신 있냐?"

"그럼. 내가 떨어지면 다 떨어진다."

성만이 가슴을 탕탕 쳤다.

"합격자 발표가 언제지?"

"팔월 이십 일이다."

하루하루 초조한 날들이 지나갔다. 성만의 예상대로 시험은 합격이었다. 많이 놀았지만, 그래도 고등학교 이 년을 다닌 효과가 나타났다.

"고생한 보람이 있네."

정탁도 자기 일처럼 기뻐서 어쩔 줄 몰라했다.

합격자 발표 다음 날, 성만과 정탁은 여의도에 있는 서울시교육청 분관으로 갔다. 성만의 검정고시 합격증을 교부받기 위해서였다. 교육청 직원이 준 종이에는 '합격증'이라는 제목 아래 성만의 이름과 생년월일, 그리고 고등학교 졸업 자격이 있음을 증명한다고 적혀 있었다.

합격증을 받은 성만과 정탁은 여의도 광장으로 달렸다. 광장 끝에서 끝까지 달렸으나, 흥분이 가시지 않았다. 성만이 숨을 헐떡이며 물었다.

"더 뛸까? 헉헉."

"좋지. 헥헥."

정탁 역시 숨을 몰아쉬며 대답했다.

둘은 광장을 지나, 마포대교 위를 달렸다. 힘차게 달리는 성만과 정탁의 귓가에 한강 바람이 쉭쉭 소리를 내며 지나갔다. 차들도 윙윙거리며 달려갔다. 그 바람 소리보다 그 차 소리보다, 더 크게 성만은 "악! 악!" 소리를 질렀다. 가만히 달리기만 하던 정탁도 성만을 따라 소리를 내질렀다. 다리 중간쯤에서 숨을 헐떡이며 멈추어 선 성만과 정탁은 난간에 기대어 강을 내려다보았다. 그리고 입을 벌릴 수 있을 만큼 벌리고 서로 더 크게 소리 지르기 내기를 했다.

"악!"

"악!"

소리소리 지르다 지쳐서 고개를 한껏 젖히고 바라본 하늘에는 목이 긴 새가 날고 있었다. 힘찬 날갯짓으로 날아가는 새들, 그 너머로 하얀 뭉게구름이 피어올랐다. 뭉게구름 속에서 갑자기 수진의 얼굴이 나타났다. 볼우물을 지으며 웃고 있는 수진의 발간 얼굴, 한번 얼굴이 보이자 못 견디게 그리웠다. 수진이 뒤로 어머니와 아버지도 나타났다. 성만은 꿈을 꾸는 얼굴로 하염없이 하늘을 보았다.

"자, 이제 시작이다, 성만아!"

정탁이 성만의 어깨에 손을 얹으며 말했다. 성만은 고개를 흔들어 정신을 차리고 정탁을 보았다. 정탁이 환하게 웃고 있었다.

"그래, 시작이야."

성만도 정탁의 어깨에 팔을 둘렀다. 성만은 이 시작이 어떻게 진행되고 어떤 결과를 가져올지 알 수 없었다.

성만은 문득 바둑판이 떠올랐다. 정탁과 밤을 새워 두기도 했던 바둑. 절망과 희망은 마치 바둑판 같은 게 아닐까 생각했다. 빈 바둑판이 아니라, 흰 돌과 검은 돌이 엇갈리거나 나란히 놓이기도 하는 바둑판. 때로는 행복이 나란히 놓이기도 하고, 때로는 슬픔과 절망만이 나란히 놓이기도 하는 바둑판 같은 삶.

검정고시 합격증을 들고 발광하듯 소리를 지르며 행복을 만끽하는 성만의 지금 이 순간은, 하나의 절정이다. 사람이 인생이라는 고난의 길을 견디며 살아갈 수 있는 것은, 가끔 '절정'이 있기 때문이다. 수많은 고통과 절망과 아픔과 설움이 몸을 에워싸더라도, 한두 번이라도 감동의 절정을 맛본 사람은 쉽게 꺾이지 않을 것이다.

'아, 가슴이 벅차다. 숨이 콱 막힐 정도로!'

성만은 두 손으로 가슴을 쓸어내리며 슬며시 웃었다. 바로, 하나의 '절정'을 맛보고 있는 순간이었다.

뒷말, 한마디

어떤 영화의 끝 장면에, 한 거인이 지구를 공깃돌 삼아 던지고 노는 것이 나온다. 지구에서 수많은 사람들이 지지고 볶고 한바탕 난리를 피운 뒤의 '엔딩'이다. 감독이 관객을 아주 통쾌하게 한 방 먹이는 장면이 아닐 수 없다.

우주적인 공간 속에 지구라는 공간은 겨우 공깃돌에 불과하다는 것인데, 공간만 그런 것이 아니라, 우주의 시간 속에 지구의 시간은 '찰나'에 지나지 않는다. 찰나를 불가(佛家)에서는 탄지경(彈指頃), 곧 손가락을 한 번 튕기는 시간이라 한다. 그럼 우주적인 시간은 '겁(劫)'이라고 하면 될까? 일겁(一劫)은 하늘과 땅이 한 번 열렸다가 닫히고, 새로이 땅과 하늘이 열리기까지의 시간을 뜻한다. 그런데 불가에서는 또 '억겁이 찰나와 같다.' 라는 말을 쓰기도 한다. 과연 억겁을 찰나로 보는 시간 속에서는 어떤 삶이 있는 것일까? 천문학 용어에는 '광년(光年)'이란 말도 있다. 똑딱, 일 초에 지구를 일곱 바퀴 반 돈다는 빛이 한 해 동안 간 거리를 일 광년이라 하니, 그 거리와 시간은 가늠하기조차 어렵다. 어젯밤에 우리가 밤하늘을 우러러 맨눈으로 바라본 별빛은 수십 광년에서 수백 광년 떨어진 곳에 있는 별이 쏘아 보낸 빛이다. 그러니 우리가 바라보는 그 별빛은 이미 우리가 태어나기도 훨씬 이전에 지구로 보낸 빛이다.

그러나 어찌하랴. 사람이 살아간다는 것은 우주적인 시간과 공간 속에서 살면서도 그 시공을 잊어버리고 좁디좁은 시간과 공간 속에서 숨 막혀 하며 성내고 울고 미워하고 때로는 사랑하기도 하니. 우주적 시공에서 보면, 결국 사람의 시공이란 얼마나 찰나이냐. 그 순간의 삶이 때론 그토록 힘겹다.

아, 수다스럽다!
말을 하지 못하는 것보다,
말이 많은 것이 병이다.

초록이 깊어 가는 유월에, 장주식

순간들

1판 1쇄 2009년 6월 15일 | 1판 6쇄 2021년 1월 4일
지은이 장주식 | 펴낸이 염현숙
책임편집 김성진 원선화 이복희 | 디자인 이은혜
마케팅 정민호 최원석 | 홍보 김희숙 김상만 함유지 김현지 이소정 이미희
제작 강신은 김동욱 임현식 | 제작처 영신사
펴낸곳 (주)문학동네 | 출판등록 1993년 10월 22일 제406-2003-000045호
주소 10881 경기도 파주시 회동길 210
전자우편 kids@munhak.com | 홈페이지 www.munhak.com
카페 cafe.naver.com/mhdn | 북클럽 bookclubmunhak.com
트위터 @kidsmunhak | 인스타그램 @kidsmunhak
대표전화 (031)955-8888 | 팩스 (031)955-8855
문의전화 (031)955-3570(마케팅) (02)3144-3238(편집)

ISBN 978-89-546-0820-6 03810

잘못된 책은 구입하신 서점에서 교환해 드립니다. 기타 교환 문의: (031)955-2661, 3580